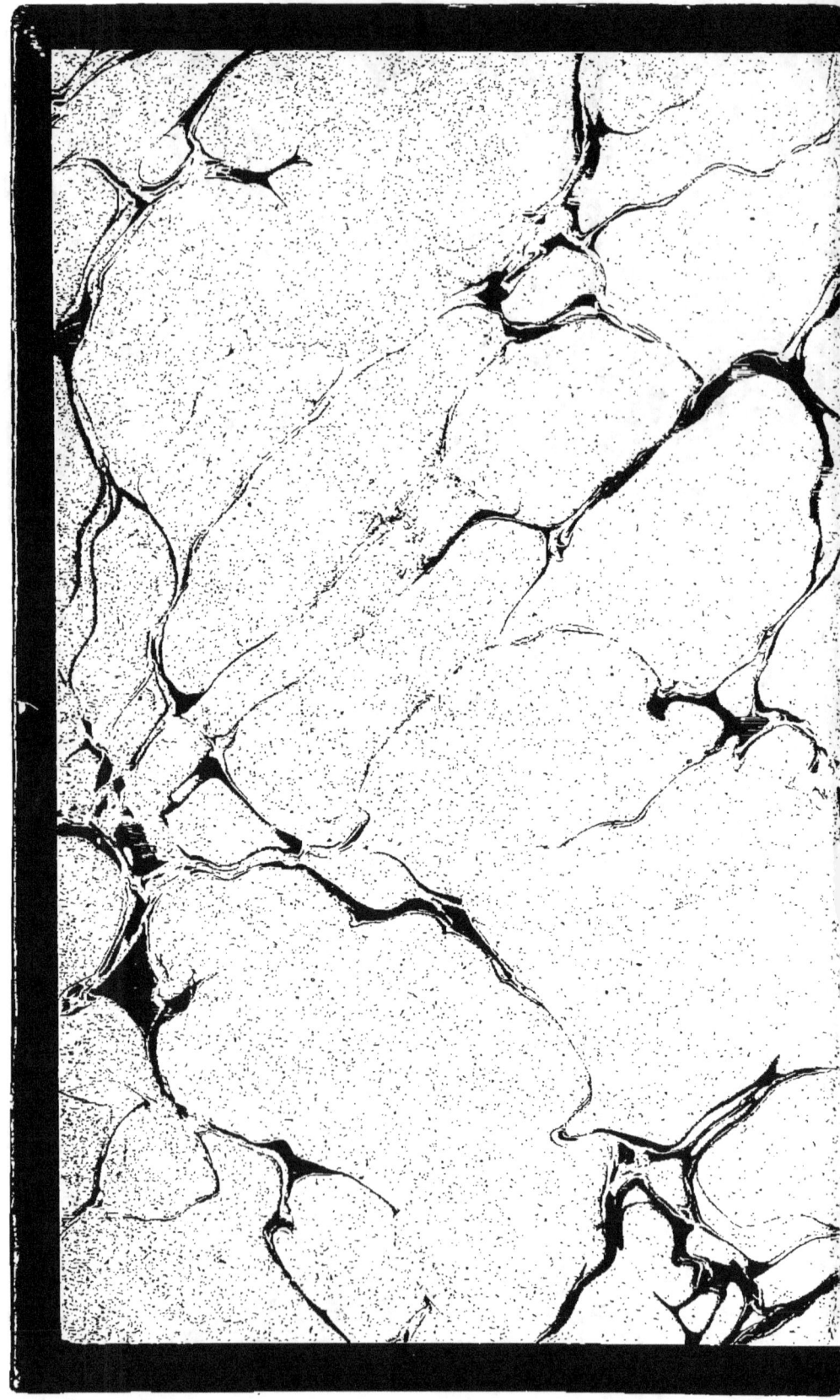

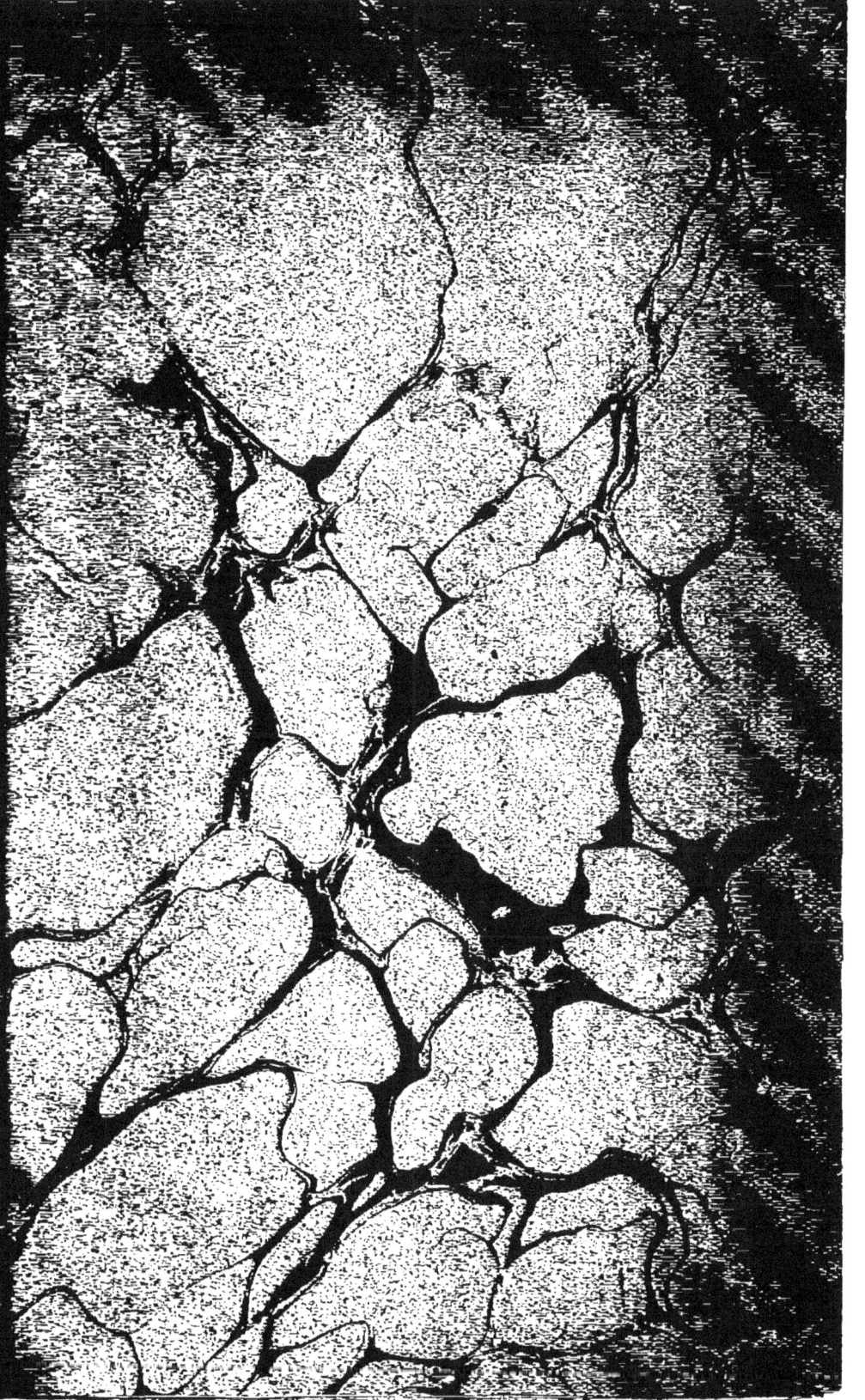

CONTES PARISIENS

PAR

LÉON BERNIS

PARIS

HIPPOLYTE BOISGARD, LIBRAIRE-ÉDITEUR

15, RUE SUGER

1854

CONTES PARISIENS.

PARIS. — Imprimerie d'AD. DELCAMBRE et c⁸, rue Breda, 15.

CONTES PARISIENS

PAR

LÉON BERNIS

PARIS

HIPPOLYTE BOISGARD, LIBRAIRE-ÉDITEUR

13, RUE SUGER.

—

1854

CONTES PARISIENS

———◦———

LA RUE SAINT-DENIS.

———

J'aime ces vieux débris de notre ville ancienne,
Tout ce qui se rattache à l'ère parisienne ;
Ces pans de murs noircis , sous un immense auvent ;
Vestiges effacés de quelque ancien couvent ;
Souvent je les regarde avec mélancolie !..
Là, sans doute a vécu la première patrie !
Nos pères courageux, et rudes au labeur
Ont formé ce berceau maintenant dans sa fleur.

Là, dans les premiers jours d'une ville naissante,
Marchant dans une voie incertaine et glissante,
Ils ont osé poser ces pilotis géants,
Soutiens des vieilles nefs depuis douze cents ans !...
Or, avant que nos yeux voient, comme des prodiges
Tomber sous le marteau les derniers des vestiges,
Recueillons un instant un fait de peu d'éclat
D'un de ces bons bourgeois qu'on nommait Tiers-Etat,
Fermons avec respect ce livre qu'on vénère,
Comme on ferme les yeux d'un aïeul ou d'un père.

I.

« Montjoie et Saint-Denis ! nous remportons le prix !
« Notre bon roi Louis revient de Monthléry ;
« Largesse au peuple entier ! c'est le gain des batailles !»

Ainsi dit le héraut du haut de ses murailles,
C'est qu'en effet le roi revient de la moisson.
Louis onze a chassé le rude Bourguignon,
Et revient délivrer cette cité qui marque
Tant d'orgueil à l'aspect de son nouveau monarque.
Aussi la ville est aise, et les fronts sont contents,
Et les gens de métier rient avec les sergents.

Deux marchands sur le seuil parlent :—Çà, bon compère,
« Notre rue aujourd'hui va devenir prospère
« Car le cortége suit le quartier Saint-Denis. »
— Eh ! oui, nous allons voir défiler les beaux fils,
Les galantes du jour en grand air de conquête...
J'ai vendu ce matin, compère, une toilette
Tout en brocart d'argent. — Çà, père Barnabé,
Vous n'allez pas rester chez vous comme un abbé ?
Vous viendrez bien tantôt regarder le cortége,
J'ai fait mettre du drap sur les murs, on m'assiége
Pour entrer, mais je veux avoir mon vieil ami.
Si vous ne veniez pas, vrai, je serais marri.
Amenez votre dame avec la demoiselle.
— Oui dà, compère Jean, ma fille est bonne et belle,
On la regarde fort quand on la voit sortir,
Je n'aime pas la foule, et crains de déguerpir.
— Allons ! quelle terreur ? Vous savez bien, compère,
« Que mon neveu Renaud aime la jeune Claire,
« Un amour, voyez-vous, c'est un grand talisman ;
« Et c'est plus sûr encore qu'un père très-prudent.
« — A vrai dire, ma fille est assez indécise.
« Nous viendrons.
                « — A midi ! surtout heure précise. »
Là-dessus, les marchands en se donnant la main
Furent à leur logis par un divers chemin ;
Barnabé s'en alla par la Cour des Miracles,
Jean prit un long détour pour couper les obstacles.

II.

Dans le même moment, à l'angle très-étroit
Du cloître Saint-Merry d'où la Seine se voit,
Auprès d'une lucarne où des fleurs d'aubépine
Rejoignaient en berceau la lucarne voisine,
Et dans une maison sans faste et sans fronton,
Se tenait une jeune et fraîche enfant ; — son front
Retombant sur sa main paraissait lire un rêve,
Son œil distrait suivait les détours de la Grève,
Et pourtant la jeunesse avec son beau printemps,
Illuminait cet ange orné de ses seize ans !
Et l'on voyait parfois un frais et doux sourire,
Effleurer cette lèvre où le parfum respire !
Puis tout à coup, ainsi qu'atteinte vers le cœur,
Son visage pâlir et devenir rêveur.
— « Jeune fille, dis-moi, quand le soleil rayonne,
« Quand le ciel est si pur qu'il double ta couronne,
« Dis-moi quel prompt nuage obscurcit ta beauté ?
« Quel charme a pu flétrir l'éclat de ton été ?
« Sur tes cheveux si blonds, sur ta lèvre si rose,
« Oh ! dis-moi quel chagrin tient ta paupière close ! »
La vierge est toujours triste et d'un œil indolent
Regarde un chien jouer avec un bel enfant....

III.

Le père Barnabé rentre dans sa boutique :
— Personne au magasin ! Ma femme, qu'on s'explique !
Je trouve surprenant de voir chacun sorti,
Où donc est le courtaud ? — Il est au pain bénit.
— Et Claire, notre fille ? — Elle est seule à sa chambre,
Ne disant pas un mot, comme un mois de décembre.
— Toujours triste, c'est vrai, qu'a-t-elle cette enfant ?
Madame Barnabé ? — La voilà qui descend.

Au bas de l'escalier Claire vient d'apparaître.
Son père vient, l'embrasse et ne fait plus le maître.
—Claire, aujourd'hui le roi rentre dans la cité,
Et le bon voisin Jean nous invite, à côté.
Donc habille-toi vite ; on fera grande chère.
Car nous verrons passer la cour, ma jeune Claire.

Ces trois mots ont produit un effet enchanté.
Claire sourit enfin, et reprend sa gaîté.
Barnabé reste coi : — Drôle de caractère !
— A seize ans, que veux-tu ? — C'est ce que dit la mère.

C'était un bon bourgeois, le père Barnabé.
Durant ses premiers jours il s'était fait abbé,
Mais depuis, se trouvant fort peu propre à l'Église,
Il avait laissé l'ordre. Un vieux juif de Venise
Le prit auprès de lui pour tenir ses effets.
Il travailla tout seul plus de dix ans, — après,

Possédant vingt écus, fruit de l'économie,
Il avait eu crédit dans une confrérie,
Et près de Saint-Merry, dans un petit recoin,
Il avait un état qui s'étendait au loin.
Quoiqu' il ne possédât d'aiguille ni d'horloge,
Tous les jours, à l'aurore, il était dans sa loge.
Il ouvrait sa boutique et humait le zéphir.
Personne auprès de lui, par même pour servir.
Il était son portier, son clerc, son secrétaire !
O temps à regretter ! seul il savait tout faire.
Et comme à cette époque, on vivait par raison ,
Il marchait sans faillite et sans fausse saison.

A quarante ans sonnés, cet admirable sage
Se sentit un désir ardent de mariage.
Une voisine ayant un comptoir rue aux Ours
Lui parut le phénix qu'il aimerait toujours.

Ils s'épousèrent donc, et, chose très-commune,
L'an d'ensuite, un enfant augmenta leur fortune.

Cet enfant était Claire, un beau nom, quoique vieux.
Ses cheveux étaient blonds, et ses yeux étaient bleus.
Alors, on élevait les filles dans l'usage
De faire la dentelle et surtout le ménage.
Nulle ne s'en allait apporter son bel air
Dans une promenade au milieu de l'hiver,
Ni montrer en plein-jour tout à travers les rues
Des escarpins vernis et des robes touffues.
On restait tout le jour au fond du magasin,
Et lorsque la semaine arrivait à sa fin,
Pour calmer la fatigue, on mettait, le dimanche,
Un beau bonnet de fleurs, ou quelque robe blanche.
S'en portait-on plus mal ? avait-on du souci ?
C'était le bon vieux temps, et l'on vivait ainsi.

On le voit, Barnabé n'était pas un grand sire.
Il signait mal son nom, savait à peine écrire,
S'il pouvait bien chiffrer je n'en répondrais pas !
Enfin, il ignorait le nombre des états.
Et pourtant son bon sens lui tenait lieu d'étude.
Il avait dans l'esprit comme une rectitude
Qui lui faisait voir clair dès la première fois ;
C'est l'antique bon sens de nos rudes Gaulois.
Aujourd'hui, l'avons-nous, ce bon sens de nos pères ?
Plus instruits, plus savants, et surtout plus prospères,
Avons-nous bien comme eux le don de bien sentir ?
De deviner le mal et de le prévenir

Avons-nous ce bon sens, qui n'est pas autre chose
Que de voir l'avenir dans une frêle cause ?
De savoir ménager son talent et son cœur ?
De discerner le vrai, sous un masque menteur ?
Je ne sais ; quant à moi, je ne suis pas critique ;
Je ne suis qu'un conteur, et reprends ma chronique.
Car on peut bavarder parfois dans un roman ,
A la condition qu' on soit intéressant.

IV.

Donc, monsieur Barnabé conduisant seul sa fille,
Sa femme et son varlet qui suivait la famille,
Entra chez maitre Jean dans le même moment
Que l'on voyait passer le premier régiment.
On ne pouvait agir, la foule étant très-grande.
Eh ! compère ! compère ! Eh ! vite ! on vous demande ?
« Arrivez donc ici ! Tout le logis est plein !
« Venez Claire, voici Renaud, votre cousin.

La famille monta l'escalier peu commode
Fait en colimaçon ; alors, c'était la mode.
« Cousine, dit Renaud, donnez-moi votre main
« Pour vous faire monter dans cet obscur chemin. »

Renaud était neveu de Barnabé ; son père
Était mort, le laissant dans la grande misère.

Hélas ! Dans ce temps-là comme aussi de nos jours
On ne jugeait les gens que d'après leurs atours.
Le savoir, le talent, la taille la plus fine,
Passaient inaperçus si l'on manquait d'hermine.
Aussi la riche Claire étant devant Renaud
Lui dit avec dédain : — Que me veut ce courtaud ?

Personne n'entendit ce propos, mais j'assure
Que le pauvre Renaud en pleura ; l'aventure
N'était pas enivrante, à parler franchement,
Et puis Renaud aimait sa Claire éperdûment !
Ce que faisait là Claire était peu charitable.
Elle pouvait très-bien ne pas trouver aimable
Son cousin, mais lui dire un mot aussi cruel !...
Après tout je l'excuse, au fond il est réel,
Que peu sont assez forts pour chasser le vertige
Que donne la richesse ; et c'était un prodige
Alors qu'un parvenu ne fût pas rengorgé !
Mon Dieu ! sous ce rapport Paris n'est pas changé !

Mais déjà l'on entend les cris de la fanfare,
Bientôt, on voit passer le bataillon bizarre
Des arbalétriers, —puis les archers du roi,
Répandant devant eux le respect et l'effroi.

Et puis, les lansquenets , à l'accent germanique,
Et les hallebardiers, à l'allure comique.

Chacun les admirait, l'œil était enchanté.
Quand soudain un bouquet du haut des toits jeté,
Vint tomber juste aux pieds d'un jeune capitaine
A l'allure fringante, à la marche hautaine.
Chacun se regarda paraissant tout surpris.
On était très-modeste alors dans ce Paris,
Et nulle demoiselle au moins qu'on pût connaître,
N'aurait osé jeter son gant par la fenêtre.

On ne l'eût pas permis, on ne l'eût pas pensé,
Et cet acte eût paru digne d'un insensé!

On conçoit la surprise et surtout le murmure
Que fit dans le quartier une telle aventure.
— Mais d'où vient ce bouquet? Mais qui donc l'a jeté ?
« Le capitaine est jeune et rempli de beauté.
« Alors, c'est une intrigue, et c'est un sacrilége! »

Aussi, grâce aux propos, et durant le cortége,
Les commères du jour répétèrent en chœur,
Que Claire avait forfait aux devoirs de l'honneur.

V.

L'horloge du couvent sonna bientôt six heures,
Et la nuit descendit sur les sombres demeures.
Le père avait tout vu, pourtant il ne dit rien.
Mais après le cortége il se conduisit bien,
Il prit la jeune Claire par la main : — Viens, petite.
Je vais à Saint-Merry pour rendre une visite.
— Qui donc allez-vous voir, mon père, il est bien tard.
Et puis l'on nous attend. — Suis-moi, dit le vieillard.
Claire tremblait alors de peur, comme en automne
Lorsque les premiers vents font que le corps frissonne,
Car elle avait ouï dire, hélas ! la pauvre enfant,
Qu'un père quelquefois peut vous mettre au couvent,
Quand il a des sujets de renier sa fille.
Enfin on arriva tout auprès de la grille
De Saint-Merry.
              — Viens donc ? dit le père avec bruit.
Claire baissa les yeux, déjà venait la nuit !...

Barnabé traversa le prieuré des pères,
Où veillaient à l'entour de tristes luminaires,
Puis, quand il eut passé le corridor obscur,
Il franchit une porte ouverte au fond d'un mur.

Il monta six degrés, puis, prenant une lampe,
Il suivit l'escalier, tout en tenant la rampe.
Au bout de deux cents pas, il arriva devant
Une étroite cellule au milieu du couvent.
Cette cellule avait pour unique fenêtre
Un vaste trou grillé pour recevoir un prêtre.
Pourtant, avec des yeux fixes, — on eût pu voir
Dans cet espace étroit une ombre se mouvoir !
C'était une recluse, ainsi qu'à cette époque
On en voyait souvent. Notre siècle se moque
De ces vœux éternels qui rattachaient au ciel
Une existence entière exempte de tout fiel !
Il rit de tous ces gens pris d'un amour immense
Pour la religion et son vaste silence,
Qui préféraient au monde, enfants voluptueux !
Un cercle d'ascétisme et d'excès vertueux.
Et pourquoi s'en moquer? — Ils sont loin de nos âges,
J'en conviens, — ces ardents et rares personnages.
Mais ne voyez-vous pas qu'avec leur nullité
(Apparente), ils avaient sur cette société
Plus de pouvoir, Messieurs, que dans l'âge où nous sommes.
Sans être des pédants, sans instruire les hommes,
Ils montraient doucement par la simple raison
Que l'on peut être heureux, même en étant Caton.

VI.

Barnabé s'approcha :

               — Retirez-vous ! arrière !

« Arrière ! Satanas ! Car je suis en prière !
S'écria la recluse.

            — Eh ! cousine ! Ecoutez.

« C'est moi, c'est Barnabé.

             — C'est vous, en vérité !

— Je remets dans vos mains Claire ma jeune fille,
Pour que vous lui donniez les leçons de famille.
Le cœur est bien léger ; je crains pour notre honneur.
Vous connaissez la vie, instruisez-la, ma sœur.
Puis le père ajouta, — mais d'une voix moins rude,
« Ecoute les avis de la mère Gertrude. »

Gertrude la recluse était la sœur de Jean ,
Depuis trente-cinq ans sans père et sans enfant,
Elle vivait là, seule, au milieu de l'église,
Ne songeant qu'à prier, — ignorée et soumise,
Recevant son repas au moyen d'un levier
Qui montait chaque jour le long d'un grand pilier.
Depuis trente-cinq ans que sa petite chambre
Avait été murée au fin mois de décembre,

                        2

Elle avait vécu là, dans le fond de la nef,
Ressemblant dans sa loge à quelque bas-relief,
Aux vieux saints dans leur niche; immobile sans cesse,
N'ayant de mouvement que pour dire la messe.
Claire s'agenouilla tout auprès d'un autel.
La recluse en priant lui donna son missel,
Puis lui dit : Racontez votre histoire passée.
L'enfant lui redit tout, mais d'une voix glacée.
Voici ce qu'elle dit : « — Mère ! pardonnez-moi
Vous savez qui je suis et mon cœur a la foi !
O Mère ! Sainte Mère ! un grand secret me presse !
  — Parle donc, mon enfant !

                    — Oh ! je souffre sans cesse !
  — Parle donc, dis-moi tout ?

                  — J'aime un noble seigneur !
  — Un seigneur ! Que dis-tu ? Redoute ce malheur.
  — Hélas ! C'est un grand mal, je le sais.

                          — Ah ! ma fille !
« C'est la mort ! — dit la voix qui sortait de la grille.
« Ecoute, mon enfant, — approche, et mets-toi là !
« J'avais quinze ans, j'étais ainsi que te voilà.
« Mon visage en passant attirait le sourire
« Et lorsqu'on me parlait, je ne savais que dire.
« Je ne connaissais pas l'effet de ma beauté.
« J'étais un papillon qui ne croit qu'à l'été.
« Dire comment mes jours se passaient, — je l'ignore;
« Mon père descendait l'escalier dès l'aurore

« Pour aller au travail ; il façonnait l'acier

« Qui sert dans les tournois aux jeux du cavalier.

« Moi, pendant ce temps-là, pendue à la fenêtre ,

« Je regardais en bas si je voyais paraître

« Quelque bel écuyer, quelque dame du roi

« Ayant un page auprès de son fier palefroi.

« Un jour que j'étais là, solitaire et pensive,

« Regardant le ciel pur fuyant devant l'ogive,

« Un murmure étouffé, comme un baiser charmant,

« Parvint à mon oreille, apporté par le vent.

« Je retourne la tête, et je vois, ô surprise !

« Devant moi, dans la rue, une personne assise.

« C'était un grand jeune homme, au teint pâle, à l'œil droit.

« Son père était marchand dans le cloître Benoît.

« Le voyant, je rougis et baissai la tenture.

« Sous les ridaux épais je cachai ma figure ,

« Mais pas assez longtemps hélas ! pour ne pas voir,

« Le jeune homme pleurer et rester jusqu'au soir.

« Alors j'en eus pitié, vois-tu, ma pauvre Claire.

« Je rouvris la croisée, et je fus moins sévère.

« Te dire ses transports cela ne sert à rien,

« A quoi bon raconter ce que l'on sent si bien ?

« Il m'aima, — je promis à son amour sincère

« D'unir ma destinée. Il le dit à mon père...

« Mon père y consentait ; tout allait donc finir.

« Quand la veille du jour où je devais m'unir,

—« Tiens, quand j'y pense encor, ce souvenir me passe,
« La veille de ce jour, belle comme une châsse
« J'étais dans l'établi de mon père, filant ;
« Entre un beau cavalier tout recouvert d'argent,
« Je ne sais quel effet me produisit sa vue,
« Mais je fus éblouie, et je fus confondue.
« Lui qui s'en aperçut, — quand mon père était loin
« Me dit : « Je veux ce soir vous revoir sans témoin.
« Je vous aime, Gertrude, il vous faudrait un trône.
« Ces bras ne sont pas faits pour mesurer une aune.
« Venez auprès de moi, je vous offre ma main,
« Vous serez souveraine et riche après-demain. »
Et puis, il s'en alla, me laissant éperdue.....
J'écoutais, qu'il était bien loin de notre rue...

« Je ne pus dire un mot tout le reste du jour.
« Mes regards dédaignaient mon modeste séjour,
« Je méprisais nos gens, notre chambre, la table...
« Le soir mon fiancé me parut moins aimable,
« Car je le comparais à mon riche inconnu.
« Le peu qu'il m'avait dit, le peu que j'avais vu
« M'avait comme jetée en un chemin étrange.
« J'étais comme une cire informe qui se change
« Sous l'œil capricieux d'un maître ciseleur.
« Ah ! tous mes rêves d'or ! Mes désirs de grandeur
« Etaient réalisés par une fée aimante !
« Pour calmer cette fièvre et cette humeur ardente

« Je voulus respirer quand chacun fut parti,

« Et que seule je fus en face de mon lit.

« C'était pendant l'été, j'ouvris donc la fenêtre

« Tout en rêvant encor, quand je vois apparaître ,

« Soudain sur le balcon un riche cavalier.

« Il me prend dans ses bras, m'empêche de crier

« Et me dit : « Sois à moi, Gertrude ! Mon amie !

« Mon présent t'appartient ! Je te donne ma vie !

« Croirais-tu? J'en rougis! Je serrai dans ma main

« Sa main qui m'enlevait ! Et dès le lendemain...

« Que te dirai-je après ? Je crus à sa parole,

« Et quatre jours après, je vis que j'étais folle...

Claire sans respirer écoutait ce récit.

« Oui, folle de douleur, de honte et de dépit.

« Ce cavalier trompa ma naïve espérance

« Quand au bout de dix mois seule et dans le silence

« Je revins au logis, je n'osai pas frapper...

« Hélas ! j'aurais dû fuir et ne jamais rentrer.

« Car mon père était mort, mon fiancé colère

« Avait donné sa main à quelque autre étrangère;

« Et seule, n'ayant plus de père ni d'amant,

« J'ensevelis mes jours dans ce sombre couvent.

« Maintenant, mon enfant, réfléchis et médite,

« Ne fais pas comme moi ! le plaisir fuit trop vite ! »

— Merci ! Mère ! O mon Dieu ! Je suivrai vos leçons !

— Merci, Gertrude, et toi, suis mes pas; et partons,

Dit le bon Barnabé, qui l'esprit en prière ,
Avait tout entendu.

— Descendant sans lumière
A travers les détours de ces vastes piliers
Qui semblaient s'avancer comme des bras entiers ,
Ils errèrent longtemps, dans l'immense étendue.
Enfin un sacristain les mena dans la rue.
Durant tout le trajet qu'ils firent au logis
Le père ne dit mot, il ne fit pas de cris,
Ni sermons ennuyeux, ni murmure trop rude.
Mais dès le lendemain, instruite par Gertrude,
Claire, au lieu d'écouter un galant suborneur,
Epousa son cousin Renaud, un bien bon cœur.
J'aime cette manière admirable et prudente
De placer le miroir sous les yeux d'une amante.
Le père ne va pas par cent mille détours,
Opposer un obstacle à de folles amours.
Il ne va pas lui dire en mauvais philosophe,
La vie est le devoir, l'honneur en est l'étoffe.
Il lui dit franchement : — Voilà ton avenir !
Lui montrant un tableau facile à retenir.

Ce sont ces bons bourgeois à la façon sévère,
A l'âme simple et franche, au mâle caractère,
Qui nous ont précédés, ils n'avaient qu'un désir :
Travailler et montrer aux fils leur avenir.

Ils payaient les impôts et mariaient leurs filles.
L'honneur était le roi de leurs saintes familles,
Et leurs femmes vivant dans cet air tout loyal,
Devenaient des vertus sans aucun piédestal.

Aussi, j'aime à passer durant de longues heures,
Près des grands souvenirs et des vieilles demeures !
C'est un bonheur pour moi que tous ces vieux débris,
Rappelant tour à tour les aïeux et les fils.
Je croir encor revoir les pères de nos pères !
Et des larmes près d'eux roulent de mes paupières.

LA RUE GRANGE-BATELIÈRE.

—

La Grange-Batelière était, au bon vieux temps,
Un ilôt fréquenté par très-peu d'habitants ;
On y voyait alors au milieu des herbages
Des jardins assez verts, et de gais pâturages,
Et c'était, nous dit on, le lieu des rendez-vous
Pour fuir les dédaignés et les maris jaloux.
Le maître de la Grange, excellent catholique,
Tenait au fond de l'île une auberge rustique

Où les nobles seigneurs et les dames de cour
Venaient pendant l'été fuir les ardeurs du jour.
Pour aller à la Grange on passait la rivière ;
Une fille, un enfant, la belle batelière,
(Ainsi qu'on l'appelait), conduisait les passants ;
Elle avait un œil vif, trésor de tous les temps !
Jamais on n'avait vu plus ravissante tête !
Comme on le pense bien, on tenta sa conquête.
Plus d'un à ses regards fit briller en espoir
Un duché féodal pour prix de son œil noir,
Car toujours les yeux noirs ont eu le privilége
De faire à notre sexe un assez rude siége ;
Mais à tous leurs discours, Marthe, (c'était son nom)
Répondait : « Messeigneurs, je suis belle, dit-on,
« Mais ma vie est à Dieu ! » Pour lever son scrupule
On parlait vainement ; elle était incrédule.
Elle menait toujours avec habileté
Son canot à la Grange, — l'hiver comme l'été,
Et paraissait heureuse en voyant son vieux père
Compter en souriant son modeste salaire.
Alors, pour se venger de son refus moqueur,
Quelques-uns répétaient : — Elle n'a pas de cœur !

De guerre lasse enfin, quelques amants plus sages
Cessèrent de parler, et contre les usages,
On finit par passer près de Marthe, en tenant
Les propos d'un Caton, et non ceux d'un amant....

Elle avait dix-huit ans, la belle batelière ! ...
Rien n'avait pu changer ses goûts ni sa manière.
Elle faisait sa tâche avec un soin discret,
Et fermait son oreille à tout ce qu'on disait.
Etait-ce indifférence ? Ou noble caractère ?
Haine contre l'amour, ou vertu trop austère ?
Car quel cœur ne bat pas au milieu de l'été,
Quand tout est enivrant et paraît enchanté ?
Quand la nature semble apprendre son langage
Aux buissons, à la rose, à l'oiseau qui voyage ?
Quelle âme n'entend pas, à ce riant matin,
Une voix qui lui parle un langage divin ! ...
Pourtant Marthe vivait au milieu du silence ;
Nul souffle impur n'avait terni cette existence.
Assise, le matin sur le bord du chemin,
Elle attendait toujours, sa quenouille à la main,
Répondant à chacun d'une façon discrète ; —
Et notez cependant que Marthe était coquette !
On la voyait parée en jupe de couleur,
En corset de velours, orné de quelque fleur.
Et le Dimanche donc ! Oh ! c'était une fête !
La voisine enviait son exquise toilette,
Et chaque voyageur restait tout étourdi
En voyant ce beau front et ce maintien hardi.

— Ce n'est pas étonnant, répondront les sceptiques,
Ou bien les esprits forts, — ou les auteurs comiques, —

Les femmes de Paris ont toujours eu l'amour
De la coquetterie ; elles passent le jour
A broder des mouchoirs, à tresser des dentelles,

Et pourquoi, s'il vous plaît ? pour paraître plus belles.
    — « Mais remarquez, Messieurs, que nous sommes ici
« En l'an quinze cent vingt, époque du récit,
« Alors, on n'avait pas, comme aujourd'hui, le Code
« De la galanterie et surtout de la mode.
    — Bah ! tout est relatif, diront les persiffleurs.
On avait moins d'argent, et beaucoup moins d'auteurs,
Mais on avait les goûts semblables, — et pour preuve,

Remontons à notre Eve , à la première veuve ,
Et vous verrez sa main parer sa nudité ,
Plus par désir coquet que par moralité.
De là, nous concluons que votre batelière
N'était qu'une friponne ou qu'une aventurière

« Halte-là ! je vous prie, et restez confondus,
« Détracteurs ! Marthe était un foyer de vertus.
« J'aurais pu le prouver, la chose étant notoire,
« Mais j'aime mieux encor reprendre notre histoire.
Et, le fait est certain, Marthe était le portrait
De la Lucrèce antique, au maintien si discret ;
Puis, quand elle eût aimé changer de robe neuve ?
Contre un beau caractère est-ce donc une preuve ?

Mais on voit très-souvent des hommes pleins d'esprit,
Portant un col étroit avec un riche habit.

Donc, Marthe était coquette, et cependant très-sage.
Elle aimait le travail, ce trésor de tout âge.
On lui disait parfois : « Marthe, ma belle enfant,
« Le labeur n'est pas fait pour ce front triomphant.
« Pourquoi ces doigts si fins, pourquoi ces mains si blanches
« Dignes d'officier aux vêpres, les dimanches,
« S'usent-ils à ramer sur ces tristes marais,
« O vous! qui méritez d'habiter des palais? »

Alors Marthe prenait son plus charmant sourire :
« Messeigneurs, le travail m'encourage et m'inspire.
« Lorsque j'ai terminé ma journée et mon temps,
« Je vais à la maison peigner les cheveux blancs
« De mon père, — un baiser, voilà ma récompense.
« Puis, quand tout au logis rentre dans le silence,
« Je sors les pots d'étain de notre vieux bahut,
« Et place le pain blanc sur la table en affût. »

» — Mais quels sont vos plaisirs?

            — « Moi, j'ai mon chien fidèle
« Qui m'aime sans savoir si je suis jeune ou belle,
« Puis mon cheval marbré que je monte parfois
« En allant à Montmartre, ou bien dans les grands bois.

« Et que faut-il de plus au cœur qui sait se plaire ?
« Un toit aimé, charmant, qu'habite le vieux père,
« Puis un cheval, un chien, en face d'un ciel bleu.
« N'est-ce pas le bonheur que nous enseigne Dieu ? »

— « Vous parlez comme un livre, en vérité, la belle!
« Comme Clément Marot de la France nouvelle,
« (Lui dit un beau matin un cavalier charmant
« Qui l'avait écoutée avec étonnement.)
« Mais vous ne savez pas quelle est votre méprise ?
« Vous regardez le jour d'une vue indécise,
« Ainsi qu'un insulaire enfermé dans son nid,
« Et qui ne conçoit pas l'univers moins petit ;
« Mais que si vous viviez un jour , une heure même ,
« Au milieu des splendeurs et de l'éclat suprême,
« Au Louvre enfin, auprès de notre roi François,
« Gageons que vous changez d'avis en une fois ! »

— « Comme je n'irai pas, que je crois, de ma vie,
« Inutile, Seigneur, de m'en donner l'envie. »
— « Parbleu ! si vous voulez, mignonne, dès ce jour
« Et dans ce même instant je vous mène à la cour
— Vous ?
        — « Moi-même, et voici la raison, ma charmante,
« Je suis le duc d'Albret, et le Louvre est ma tente.
« Venez ! je vous y mène, et si vous n'adorez
« Ce palais, — un trésor pour vous ; — écus dorés !

« Vous restez un seul jour dans cette seigneurie,
« Et ce monde enivrant, ce ciel de la féerie
« Va changer votre esprit, j'en suis sûr ! »

                  — Monseigneur,
« J'accepte le pari, car il me fait honneur ;
« Je tiens à vous prouver qu'une pauvre chaumière
« Abrite le bonheur, car il fuit la lumière. »
— « Allons ! Marthe partons ! mes écuyers soudards
« Sifflent en m'attendant aux portes des remparts.
« Partons !
        — « Mais Monseigneur ?...
                — « Oh ! je comprends, ma chère.
« Vous craignez le hasard, mais on n'est pas en guerre.
« Rassurez-vous : la gloire est mon guide et mon roi !
« Votre honneur sera sauf. Montez ce palefroi. »

Il lui tendit la main ;
               — Chose digne d'envie !

Celle qui n'avait pas répondu de sa vie
Au plus charmant propos du plus beau cavalier,
Celle qui n'aurait pas, même auprès d'un pilier,

Reçu d'un étranger une goutte bénite,
De peur d'être immodeste ou bien d'être interdite,
Marthe enfin, la vertu, l'ange de vérité,
Sans réfléchir à rien, — comme un être enchanté

Qui se laisse ravir par les bras de la force,
Ou comme une dryade entrant dans son écorce,
Pencha la tête, prit la main du beau seigneur,
Laissant sa barque aux mains d'un enfant,—un pêcheur.
D'Albret prit Marthe en croupe, et luttant de vitesse,
La conduisit au Louvre, auprès de sa maîtresse.

— Marguerite, dit-il, recevez votre sœur ? —
Marguerite sourit.

        — Eh ! quoi ! Mon beau seigneur ?
Quelle est donc cette enfant ?

           — C'est une batelière.

— Vraiment ?

      — Oui, Marguerite.

          — Au bord de la rivière ?

    — Au bord de la rivière, auprès de ces marais
Que l'on nomme La Grange, où l'on ne va jamais.

    — Oh ! La charmante fille ! Oh la belle mignonne !
Approchez, mon Agnès, êtes-vous aussi bonne
Que belle ? A vos regards on devine le cœur.
Ce visage charmant reflète le bonheur.
« Ah ! c'est un grand péché, quand le ciel nous fit belles,
« D'affecter la froideur, et d'être trop rebelles !
« Je l'ai dit dans mon livre appelé *le Miroir*.
« D'Albret, par quel destin avez-vous pu la voir ?
« Mais voyez donc, d'Albret ? La belle chevelure ?
  Et les beaux pieds mignons ! Et l'exquise nature ?

« D'où vient-elle ? Parlez ? »
　　　　　　　— Elle vient de Paris.
— Vive Dieu ! Ce Paris il remporte le prix.

Or, en parlant ainsi, la reine de Navarre
Ragardait toujours Marthe avec un œil avare,
Ainsi qu'un amateur contemple avec amour
Un chef-d'œuvre inconnu qu'il retrouve à son tour.
Marthe ne disait rien ; quelle était sa pensée ?
Ses traits étaient changés, sa poitrine oppressée...
Oh ! Marthe ! Il valait mieux rester dans ton hameau
Près de ta vieille Grange et de ton noir ruisseau
Que de franchir le seuil où monte la grandeur !
As-tu donc oublié tes leçons, ton bonheur !...
D'Albret redit alors à dame Marguerite
Ce qui s'était passé ; — sa première visite

Le matin, — puis l'ennui de Marthe, — son dédain
Pour la foule joyeuse et le plaisir mondain,
Puis enfin son pari de changer la novice
En mettant quelques jours l'orgueil à son service.
Marguerite trouva l'expédient charmant.
Elle aimait l'imprévu, sinon le changement.
De suite, on s'occupa de Marthe en souveraine.
Comme elle avait la taille et le port de la reine,
Marguerite lui mit ses plus riches habits,
Ses plus beaux diamants et ses bijoux de prix.

Le soir, pendant le bal, la belle batelière
Entra dans les salons, dans des flots de lumière,
Et chacun l'admirait et disait assez haut :
Quelle est cette princesse au maintien sans défaut,
Capable de porter le poids d'une couronne ?
Marguerite riait et lui disait :

        — « Mignonne,
« Vois donc comme ce monde est ridicule et vain !
« Nul ici ne connaît ton nom, — pas un voisin
« Parmi tous ces seigneurs ! — et voilà qu'idolâtres,
« Ils te dressent déjà des autels, des théâtres.
« D'honneur, Marthe, je penche à ton avis, je crois
« Que la grandeur n'étreint que les cerveaux étroits.
« Elle peut éblouir un moment le grand homme,
« Et même la sagesse, — et c'est ainsi qu'à Rome
« On vit Caton l'ancien applaudir de ses mains
« Aux spectacles du Cirque où volaient les Romains ;
« Mais dès que l'on connaît de près cette puissance ,
« Ce rayon fait de cire et que le monde encense,
« Que découvre l'esprit? C'est que la volupté
« Réside dans la gloire et dans la vérité.

Or, pendant que parlait cette charmante reine,
Marthe regardait bien, mais répondait à peine.
Marguerite observait ce changement soudain,
Quand d'Albret, triomphant et lui serrant la main,

Dit tout bas : — J'ai gagné, la richesse l'emporte !
Ma reine de beauté, la joie est la plus forte.

Comme il disait ces mots, la pauvre enfant pâlit,
Elle pencha la tête et son front s'obscurcit.
On la porta soudain au fond de la grand'salle,
Et Marguerite dit : serait-ce une rivale ?
Dès lors, elle observa l'enfant de son œil vif,
Ne perdant pas un geste, un mouvement craintif,
Epiant un sourire arrêté sur la bouche,
Comme un lutteur qui sent le coup sans qu'on le touche,
Et peu d'heures après, son esprit fut certain
Que Marthe aimait d'Albret, son époux clandestin.
Pauvre Marthe ! dit-elle, il en est temps encore,
Prévenons son malheur que peut-être elle ignore.
Marguerite savait les finesses du cœur,
Les moyens de séduire et de rester vainqueur ;
Mais en voyant cette âme aimante et virginale,
Elle eut peur d'engager une lutte inégale.
Elle savait l'ardeur d'un jeune amour qui naît,
Que parfois on succombe, — et puis d'Albret l'aimait !
Elle la fit venir ; après un long silence :

— « Ecoutez, mon enfant, dit la fille de France,
« Vous vous aventurez au milieu du danger
« Sans avoir un appui. Laissez-vous diriger. »

— « Madame, je n'ai pas d'ambition bien grande,
« Je suivrai mon étoile ; aussi je vous demande
« A rester près de vous, afin d'entendre mieux
« Les discours émaillés de mots ingénieux. »

— « Est-ce bien la raison qui vous retient ?

                               — Madame,
« Et quelle autre, mon Dieu !

                         — Moi, je lis dans votre âme,
« Vous aimez ?

                 « — Oh ! Madame, oh ! grâce, par pitié,
« Je n'aime pas le duc, je veux son amitié. »

— Qui vous parle de lui ?

                     — « Soyez-moi favorable
« Laissez-moi rester là pour vous servir à table,
« Dans la chambre, partout où je puisse le voir.
« Je n'ai pas de pensée et je suis sans espoir.
« Je tombe à vos genoux, et ne sais que vous dire... »

C'était une folie, un suprême délire.
Marthe avait oublié son père, son bonheur ;
Le désordre éclatait, et remplissait son cœur.

Elle prenait les mains, les bras de Marguerite,
Lui disant de vains mots et des discours sans suite.
Que répondre à ces pleurs ? L'esprit tout attristé,
La reine répondit : « Allons ! Marthe, restez.
« Vous suivrez mes amis, vous serez ma compagne.
« Bientôt je pense faire un voyage en Espagne,
« Vous viendrez avec moi ; mais chassez tout espoir,
« Et ne restez jamais quand le duc vient me voir. »

Comme elle finissait, d'Albret ouvrit la porte.
Marthe le salua ; — puis, moins triste et plus forte,
Elle alla s'appuyer sur le dos d'un fauteuil.
Marguerite avança jusques auprès du seuil.
D'Albret était charmant : son pourpoint écarlate
Rehaussait son visage où la fraîcheur éclate.
Il avait un manteau festonné de satin,
Et sa toque en velours lui donnait l'air mutin.

— « Salut, ma belle reine et ma noble princesse ! »

Dit-il, en s'approchant de la suprême altesse,
Et d'un air familier qui laissait deviner
Beaucoup plus d'amitié qu'on n'eût pu supposer.
Soudain, il aperçut Marthe debout près d'elle,
Marguerite fit signe, et la pauvre fidèle
Sortit tout doucement, comme un chien généreux
Qui s'éloigne bien triste, et les pleurs dans les yeux.

Alors Marthe eut l'idée, oh fatale pensée !
D'écouter un instant. La poitrine oppressée,
Elle entendit ces mots :

        — « Ecoutez, cher d'Albret ?

— « Marguerite, qu'as-tu ? suis-je donc indiscret ?

— « Si l'on nous entendait ?

        — Et pourquoi cette crainte ?
« Suis-je pas ton époux ? Notre union est sainte,
« Et vous m'appartenez, reine de ce séjour,
« Par les droits de l'Eglise et les nœuds de l'amour !
« Ma belle Marguerite ! ô ma femme charmante !
« Vous êtes mon bonheur, ma gloire, mon amante !
« O venez ! que j'enlace en un cercle joyeux
« Cette taille flexible et ce corps amoureux !
« Et qu'un baiser cueilli sur tes lèvres avides,
« M'enivre du parfum de ces roses splendides !
« A toi toujours ma vie ! »

        En ce moment, un bruit
Comme celui d'un corps qui tombe dans la nuit,
Arracha les amants à leur suprême extase.
Marguerite, inquiète, interrompit sa phrase,

Ouvrit avec certain pressentiment de deuil.
Quel spectacle ! Le corps de Marthe sur le seuil,
Ce beau corps était là, sans chaleur et sans vie.
Marthe était à l'instant morte de jalousie....
Marguerite pleura la malheureuse enfant,
Victime d'un amour, hélas ! bien innocent !...
C'est ainsi que finit la belle batelière ;
On en parla longtemps au bord de la rivière.

LA RUE GEOFFROY-MARIE.

—

I

Je n'insulte personne, aucun nom, nul état.
Celui-ci fait très-bien, cet autre a de l'éclat.
Celui-là vous reçoit comme à la table d'hôte ;
Tu n'as pas réussi, mais est-ce de ta faute ?
Tout le monde n'a pas l'art de faire de l'or,
Et puis, quand on est pauvre, après tout est-ce un tort ?
La pauvreté, Messieurs, n'empêche pas la race.
Moi j'ai toujours été du bon avis d'Horace.

J'ai souvent regardé comme de peu de poids
Une fortune immense et des prés et des bois.
Non véritablement ce n'est pas un système ;
Car à dire le vrai, quant à l'argent, je l'aime.
Il est doux de sentir dans l'escarcelle d'or
Un billet de dentelle, un beau lingot qui dort,
D'attirer par l'attrait que la fortune inspire
Les regards de la foule ou du moins son sourire.
Mais après quelques mois d'un splendide festin,
On s'éveille ennuyé de tout un beau matin.
Quoi ! toujours du plaisir ! j'ai beau changer de place,
Sur mon lit parfumé cette rose me lasse.
Pour soutenir ma thèse avançons un récit ;
Cela ne prouve rien et parfois réussit.

II

Dans ce charmant quartier d'où le plaisir ne bouge,
Que nos prédécesseurs nommaient la Boule-Rouge ;
Dans ces lieux tout voisins des vieux panoramas,
Des théâtres de genre et des deux opéras,
On lit dans une rue élégamment bâtie
Ces deux noms par l'édile unis, *Geoffroy-Marie*.
D'où vient ce titre-là ? serait-ce le hasard
Qui baptisa ces lieux ? serait-ce une œuvre d'art ?

Seraient-ce l'architecte ou le propriétaire,
Fiers d'apprendre leurs noms au modeste vulgaire,
Qui nous ont fait connaître en ornant leur fronton
Que l'un était fort riche et l'autre, bon maçon ?
Nullement; ces deux noms légués à la mémoire
Rappellent au passant une touchante histoire,
Un fait des anciens temps tout empreint de couleur.
Geoffroy, dit la chronique, était un laboureur.
Jamais il n'avait mis d'erreur ni d'inconstance
Dans le cours régulier d'une active existence.
Dans ces jours le travail n'était pas l'instrument
Qui double le plaisir et lui sert d'aliment.
L'ambition c'était de vivre en patriarche
Au cœur de son foyer, dans le fond de son arche.
Ah ! l'on ne faisait pas sa fortune en deux ans !
Quand on avait du blé les fronts étaient contents,
Et l'on ne désirait pour prix de la richesse,
Qu'un berceau pour son fils, un lit pour sa vieillesse.
Paris, dans ce temps-là, pour combattre un grand mal,
Pour les pauvres fondait le premier hôpital.

Or Geoffroy possédait pour compagne, Marie.
Elle employait aux champs toute son énergie,
Méprisant la paresse et surtout le loisir.
Travaillant sans jamais se plaindre ou s'affaiblir,
Quel couple merveilleux ! Quelle douce nature !
Les voyez-vous d'ici, dans leur vieille masure ,

Ces dignes villageois qui, depuis cinquante ans,
Fécondent la moisson et sarclent dans les champs
Ils sont là, vers le soir, après une journée
Tout entière au travail, et de paix couronnée.
La cabane contient trois ou quatre escabeaux,
Une table en vieux chêne, une tasse, des pots,
Quelques vases en bois, une vaisselle étrange...
Une corde traverse au milieu de la grange,
Et supporte du linge et quelques vêtements.
Un clou tient suspendus quelques outils tranchants.
Là-bas sont des souliers nommés à la poulaine,
Enfin un chaperon sur le banc se promène.
Au coin de leur foyer on voit les deux époux
Le front épanoui, les mains sur les genoux.
Ils parlent de l'été, de la moisson nouvelle.

Soudain un bruit échappe à leur vieux chien fidèle.
On vient d'ouvrir la porte, et quelques bons voisins,
Entrent dans la cabane et leur tendent les mains.
On s'embrasse en riant, et la bonne Marie
Va chercher sur la planche une outre bien nourrie.
On s'assied en long cercle, on repousse le sable.
On verse une rasade et l'on se met à table.
La gaîté vient s'asseoir au milieu des voisins.
L'un d'eux fait un récit orné de traits malins,
Puis on chante un vieux noël, une ancienne légende.
La joie enfin éclate au milieu de la bande.

Puis, pour bien terminer, le compère Geoffroy
Va détacher du mur sa cornemuse en bois,
Les mains joignent les mains, les bras font des courbettes,
Les jambes à plaisir forment des silhouettes,
Et la franche gaîté se montrant tout à coup
Fait voir que le bonheur peut se trouver partout.
O temps que je regrette ! O volupté naïve !
Bon vieux temps ! Bons aïeux ! votre aspect me captive !
Que je vous aime, amis ! Que vos beaux cheveux blancs
M'inspirent de tendresse et de doux sentiments !
Votre aimable gaîté, votre rude franchise
Me séduisent toujours comme un vieux chant d'église !...

III

Le matin, dès que l'aube avait blanchi les toits,
Marie allait aux champs; même dans les grands froids
Elle aimait butiner et recueillir les herbes.
Elle arrangeait les bois en manière de gerbes.
Geoffroy, lui, se rendait au plus prochain hameau
Pour vendre quelques fruits ou quelques poules d'eau.
Ne sont-ils pas touchants ces travailleurs austères?
Ils valent à mes yeux les plus grands caractères!
Quelle douce existence et quel calme profond!
Ils rappellent encor Baucis et Philémon.

Ces deux époux unis par l'amour le plus tendre,
Auteurs du plus beau vœu que le ciel puisse entendre.
Or, Geoffroy, disons-nous, après un long travail
Avait acquis un champ, mais fort peu de bétail.
Un champ sans animaux, un mari sans sa femme,
Un trésor sans un maître, un beau corps sans une âme,
Si ce sont là des biens, ils nous servent fort peu.
Sans craindre de folie on peut leur dire adieu.
Geoffroy se trouvait donc sur le retour de l'âge
A la tête d'un champ, sans troupeau ni pacage.
Sa femme en vain l'aidait à forcer la moisson,
Que faire quand on marche appuyé d'un bâton?
Malgré leur zèle ardent vint une heure fatale
Où leur logis s'ouvrit à l'indigence pâle.
Alors, le désespoir s'empara de Geoffroy;
Il fut sans fermeté pour supporter sa croix.
Un soir devant leur âtre où la flamme affaiblie
Jetait un pâle éclair, Geoffroy dit à Marie :

« A quoi nous a servi de travailler toujours?
« Et d'avoir consumé nos nuits avec nos jours?
« Nous voici parvenus au bout de la carrière,
« Marie, et nous voilà sans pain et sans lumière.
« Qui fermera nos yeux ! si du moins un enfant
« Nous aidait de son bras quand le nôtre est tremblant !
« Le ciel nous a ravi le bonheur qu'on espère,
« Et voilà qu'aujourd'hui s'avance la misère.

« Nous grelottons de faim. Demain nous n'aurons rien.
« Tiens, le ciel n'est pas juste envers l'homme de bien !

— Ne parle pas ainsi, Geoffroy, je t'en conjure,

Lui répondit Marie, une douce nature,
Pieuse et bienveillante et soumise au destin,
Allant prier toujours le dimanche matin.

« Ne parle pas ainsi, c'est offenser l'Église.
« Dieu! si l'on t'entendait! je serais peu surprise
« De voir entrer soudain le démon ou Satan.
« S'il nous jetait un sort, pense donc, mon enfant!...

—«Et quel malheur plus grand que celui qui nous presse
« Tu nous parles toujours de ton Dieu, de la messe ,
« A quoi cela m'avance? En suis-je plus heureux?
« Non, je suis las, vois-tu, de mon sort rigoureux.
« L'ai-je donc mérité? Depuis mon premier âge
« Je n'ai pas dévié de la route du sage,
« J'ai respecté les lois que Dieu met dans le cœur,
« Et me voilà proscrit ainsi qu'un malfaiteur,
« Tandis que Franck, un vil et misérable reître
« Rebelle à tout devoir et se moquant d'un prêtre,
« Possède des deniers et de riches habits.

— « Geoffroy, tant pis pour lui. C'est un bien mal acquis

« D'ailleurs, il faut rester soumis par caractère.

« Sais-tu pourquoi le ciel t'a jeté sur la terre?

« Connais-tu ses desseins? certe il peut te servir;

« Mais tant qu'il te soumet c'est à toi d'obéir.

— « Tout cela c'est fort beau ! mais le sort m'appréhende.

— « Tu devrais respecter notre sainte prébende.

— « Eh! qu'importe, Marie ?

       — « Eh bien, moi j'ai prié.

« Oui, j'ai près de l'autel imploré, supplié

« Si bien, mon bon Geoffroy, que la Vierge Marie

« A rendu l'espérance à mon âme flétrie.

« Elle m'a dit : Marie, écoute mes avis !

« Ton époux est bien vieux, tu n'as pas eu de fils,

« Mais la bonté du ciel sera ta récompense,

« Il te protége encore. Écoute, l'indigence

« Frappe dans ce moment aux portes du logis,

« Tu veux la repousser, tes vœux seront bénis.

« Tu vas aller demain auprès de Notre-Dame.

« Tu porteras pour don à mon autel, ton âme.

« Puis, sans craindre un refus ou quelque dureté,

« Tu parleras de suite au prieur d'à côté,

« Celui qui tient des lits pour les pauvres familles ;

« En prononçant mon nom, on t'ouvrira les grilles,

« Tu lui diras : Mon père, acceptez-nous ici,
« J'ai besoin d'un abri, seule avec mon mari.
« Il te l'accordera comme la Providence,
« Et tu lui donneras pour toute récompense
« Les espaces de champ qui vous restent encor.

— « Mais ce n'est pas possible, il nous faudrait de l'or.
« Nos champs ne valent rien, maigre et frêle nature !
« On ne gagnerait pas trois sols par leur culture,
« Tandis qu'au saint hospice on a table, logis,
« Enfin tout ce qu'il faut, c'est un vrai paradis,
« Lui répondit Geoffroy.

       —Non pas, laisse-moi faire,
« Je suis sûre d'atteindre à notre nécessaire. »

Là-dessus, les époux se serrèrent la main ;
Geoffroy, plus rassuré, dormit jusqu'au matin.

Le lendemain, Marie alla voir à l'hospice.
Les échevins touchés et leur rendant justice,
Ouvrirent un asile à ce couple touchant;
Pour prix on acheta leur maigre et pauvre champ.

C'est là que tous les deux, heureux à leur manière,
Sans désirs inquiets, finirent leur carrière.

4

Aujourd'hui les trottoirs remplacent les marais.
Où s'élevait le chaume, on dresse des palais ;
Où l'escabeau trônait, on voit le palissandre.
Le champ est une rue, et ne peut plus descendre.

Reconnaîtriez-vous, Geoffroy, — puis, — vous, Marie,
Votre terrain inculte et sa place flétrie ?
Reconnaîtriez-vous dans ces brillants séjours
La place où la cabane abrita vos vieux jours ?

Hé bien ? cœurs généreux, couple saint et fidèle,
Peut-être auriez-vous plus de piété, de zèle,
Pour le pauvre ignoré, — de plaintive amitié,
Pour le cœur dédaigné,—de suave pitié,
Moins d'égoïsme aussi, d'amour de la richesse
Que tous vos successeurs que le lucre intéresse !

LA TOUR SAINT-JACQUES-LA-BOUCHERIE.

—

I.

Le passant désormais t'admire, ô vieille tour !
Souveraine superbe, apparue au grand jour,
Comme un de ces tableaux oubliés dans des granges,
Qui se montrent, ornés de mille tons étranges,
De visages poudreux où le regard savant
Découvre avec transport tout un monde vivant.

La tour a fait de même ; — après maintes disgrâces,
Et des jours si brumeux que l'on perdait ses traces,
Après l'oubli profond où ses vains habitants
Avaient laissé sa tombe et ses grands ossements !
Un jour est arrivé que de pieux lévites
Ont redressé l'autel et les pierres proscrites,
Où leur zèle, semblable à celui d'un amant,
A relevé des murs remplis d'enseignement,
Et fait voir, au milieu de la ville nouvelle,
Le Paris d'autrefois, quand il ouvrait son aile !
—En l'an treize cent dix, cette tour possédait—
Avec un vaste enclos, un prieuré complet.
C'est là que les esprits affligés, — que les âmes
Tristes, les grands rêveurs, les cœurs faibles de femmes,
Allaient vivre en retraite.

                — Un logis écarté,
De la laine en hiver, de la toile en été,
Tels étaient les plaisirs, pour passer les journées.
Des plaines de sainfoin et de chênes ornées...
Les abords de la tour n'avaient pas de maisons.
C'étaient des champs couverts de verveine et d'oignons.
Des étangs de cresson serpentaient dans la plaine.
Tout cela descendait jusqu'au bord de la Seine.

Un matin, le prieur de notre vieille tour,
Se promenait tout seul, au milieu de la cour.

Il pensait au bonheur d'être toujours fidèle,
Quand un clerc s'approchant :

         — « O maître, une nouvelle !
« Quelqu'un dans le parloir ?

          — « Encor me déranger ?
— « Maître, ne tardez pas, car je crains un danger. »

Le prieur aussitôt releva sa sandale,
Et suivit le servant: en entrant dans la salle
Que vit-il ? une femme à genoux, — les sanglots
La pressaient, — elle cherche à dire quelques mots,
Mais en vain, — son discours sur ses lèvres expire.

— « Qu'avez-vous ? dit l'abbé, quel démon vous inspire ?
« Dites-moi vos douleurs ; si vous avez failli
« Le pardon est tout prêt, pauvre cœur affaibli ! »

— « Mon père, j'ai mal fait, dit la femme éplorée.
« Je viens calmer ici mon âme timorée,
« Et pourtant, j'ai tenté le combat, mais mon cœur.
« Trop faible, a rejeté l'excès de la douleur. »

— « Ma fille, asseyez-vous pour que je vous entende ;

— « Non, je reste à genoux ; mon père, j'appréhende
                 5

« Que mon crime ne soit indigne de pitié !
« Heureuse ! si je puis l'expier à moitié ! »

Le bon prieur croisa ses mains sur sa poitrine
En se signant le front, — pressentant, j'imagine,
Qu'il allait recevoir quelque terrible aveu !
Mais il se résigna comme un enfant de Dieu.

Voici ce que lui dit la pauvre pénitente:

« Mon père, j'étais née à Paris, dans l'attente
« D'avoir en mariage un trésor en argent.
« Aussi, pour m'épouser, étant encore enfant,
« De jeunes cavaliers s'offrirent en grand nombre.
« Dès que j'eus la raison, soudain, je devins sombre,
« J'avais peur de la joie et même du plaisir.
« Mes compagnes, en vain, voulaient me retenir,
« J'allais seule rêver à l'ombre d'un grand chêne
« Sur un tertre fleuri, d'où je voyais la Seine.
« Là, je réfléchissais que pour se bien unir,
« L'âme est le talisman où l'on voit l'avenir.
« Après avoir cherché bien longtemps, obsédée,
« Je voulus épouser l'homme de mon idée,
« Et je voulus chercher pour faire un choix meilleur,
« Un époux étranger.

                    — « Vous aviez tort, ma sœur.

—« C'était de la folie, oh! n'est-ce pas, mon père,
« Mais j'étais seule, hélas ! orpheline, sans mère !
« Oh ! c'est un grand malheur, quand pour se diriger
« On n'a que dix-huit ans, et l'amour du danger !
« Le hasard me fit voir celui qui doit nous plaire.
« Je le pensais du moins, d'après son caractère;
« Le mariage eut lieu. Cet homme n'avait rien.
« Aujourd'hui, je le sais, il n'aimait que mon bien.
« Au lieu du bonheur pur dont j'avais fait mon rêve,
« Mon époux goutte à goutte épuisa donc ma sève.
« Il me fit envier l'horreur de la prison ;
« Mais je supportais tout, par œuvre de raison.

— « Bien, ma fille, très-bien, vous suiviez l'Evangile;
« D'ailleurs, près d'un mari, la plainte est inutile,
« C'est le droit du plus fort.

                                    — Mais au bout de six mois
« La douleur fut plus grande, et je portais ma croix.
« Il m'accablait des noms les plus durs, et moi folle,
« Pour prévenir un mot, une froide parole,
« Je cherchais dans ses yeux à lire son désir.

— « Vous aviez tort, ma fille, il fallait le punir.

— « Mais, mon père, songez que j'étais toute seule,
« Mes parens n'étaient plus, je n'avais pas d'aïeule ;

« Aucun ne pouvait dire à la pauvre Fanchon :
« Voilà ton vrai chemin.

— « Oui, vous avez raison.
« Poursuivez donc, ma fille :

— Un jour, oh ! quand j'y songe !
« Il me semble assister à quelque horrible songe ;
« Je le vis arriver, un couteau dans la main.
« Regardez, me dit-il : j'ai trouvé ce matin
« Cette lettre d'amour, de votre main, Madame.

— « Est-il vrai ? votre époux ?

— « Mais non, c'était infâme,
« Cette lettre était fausse. Il menaçait mes jours :
« Faites-moi, me dit-il, vos adieux pour toujours,
« Car vous allez périr. — oh ! j'étais palpitante !
« Car moi, j'aimais la vie et la mort est si lente,
« Quand le fer vous la donne et qu'il est suspendu
« Devant vous, sous vos yeux. Ce malheur imprévu
« Me trouvait sans défense. Enfin, je vous pardonne,
« Me dit-il, — mais signez ce papier, Il me donne
« Un large parchemin, et j'y place mon nom.
« Père, de tout mon bien, c'était un abandon.
— « Mon dieu ! que je vous plains ! continuez, ma chère,
« Ensuite ?

— « Je croyais calmer son caractère,

« Obtenir son estime ou rentrer dans son cœur,
« Mon père, regardez quelle était mon erreur !
« La misère d'hier est devenue un rêve
« Tant celle d'aujourd'hui me poursuit et m'achève ;
« Enfin, redoutant tout, car il avait, un soir,
« Levé sur moi la main ; je perdis tout espoir.
« Je résolus de fuir cette maison maudite
« Et de venir ici, — près de vous, — au plus vite.
« Ce matin, me levant, j'ai pris quelques deniers ;
« Et je viens m'abriter sous vos sombres piliers.

— « Et vous y trouverez la paix et le refuge. —
« Votre faute est légère, et je suis votre juge.
« Puis, c'est un sacre, hélas ! que la sainte douleur !
« Enfant, je vous absous ; entrons tous deux au chœur. »

Ils allèrent prier dans la nef solitaire,
Et passèrent le jour et la nuit en prière.

La jeune femme entra dans la tour dès le soir ;
Elle avait pour demeure un petit réduit noir,
Pour meubles un bahut, une vieille couchette ;
Une robe de bure et noire, — pour toilette.

II.

Fanchon avait vingt ans, son front était bien fait.
Son visage formait un ovale parfait,
Et l'on sait que l'ovale encadrant la jeunesse
Est un portrait charmant, celui de la sagesse.
Mais malgré ses vingt ans on cherchait vainement
Dans ses yeux obscurcis un charme attendrissant :
Un cercle blanc et mat, pâlissait son visage,
On recherchait en vain la fraîcheur de son âge,
Un rayon généreux, une belle clarté,
On voyait la jeunesse et non pas la beauté !
Elle n'était pas vieille, et respirait sans cesse
Ce sentiment confus qu'impose la vieillesse ;
Et l'on ne sentait pas près d'elle, — ce frisson
Qu'inspire un œil ardent, même aux gens de bon ton.
Quand elle souriait elle semblait fâchée,
Elle était laide enfin ! — la parole est lâchée.

Fanchon, — expliquons-nous, n'avait pas la laideur
Qui fait mal à la vue, et donne de la peur,
Car cette laideur-là, c'est la laideur du crime,
Du pécheur endurci, du lâche sans estime,
De l'envieux brutal, du tartuffe effronté,
Du libertin sans cœur qui fuit la société.

Non ! c'était la laideur que le monde frivole
Attache à la figure, et non à la parole.
Car sur mille beautés qui reçoivent l'encens
Des sots, des importants et des honnêtes gens,
De tous les intrigants dont la terre pullule
Et qui craignent surtout d'avoir un ridicule,
Pour un homme de cœur, il en est pour le moins
Les trois quarts qu'on ne peut entendre sans témoins.
Ce que j'avance là paraîtra hors d'usage,
Mais les femmes d'esprit m'approuveront, — je gage ;
Or, le plus beau regard, — je le dis hautement,
S'il n'est accompagné d'esprit, — est sans aimant.

La suite prouvera si c'est un paradoxe.
Or, Fanchon, à la tour, devenait orthodoxe.
Elle avait pris son pli, — descendant le matin
Pour l'Angelus, disant ses messes en latin.
Parfois, elle venait dîner au réfectoire,
Des vieux Bénédictins, — et d'une sainte histoire
Le prieur très-instruit lui faisait le récit.

III.

Et, pendant ces loisirs, que faisait le mari?
D'abord, il fut surpris de ne pas voir sa femme,
Puis ensuite, — songeant sans doute à quelque dame
Nouvelle, — il s'endormit en jetant sans raison
Les derniers ducats d'or restés à la maison.
Un beau matin à jeun il sentit sa détresse.
La faim de son logis devenait la maîtresse.
C'est alors qu'il se dit : « si je cherchais Fanchon ?
Il parvint à savoir qu'elle avait pour maison
Le prieuré Saint-Jacques, et cette cité sainte
Lui parut un sujet formidable de crainte.
Tant l'Église en ce temps possédait de pouvoir !
Il demanda pourtant au prieur de revoir
Un moment, sans témoins, sa femme, — le bon père
Consentit, en croyant son repentir sincère.
Il revit donc Fanchon un matin, au couvent.
O prodige! à sa vue, à son aspect, Laurent
Sentit un doux frisson le parcourir en maître,
Sa femme à ses regards parut un nouvel être ;
Elle reparaissait dans un cercle d'azur.
Lui-même ressentit un sentiment plus pur.

Enfin, disons-le vite, il trouva Fanchon belle,
Belle à ravir les yeux, l'esprit le plus rebelle,
Belle à faire un jaloux du plus beau chevalier,
Belle à faire frémir un peuple tout entier.
C'est qu'en effet, Fanchon sous les lois de l'Église
Avait pris cet aspect du ciel qui divinise.
Dans son milieu nouveau les éclairs du bonheur
Éclaircissaient son front et redoraient son cœur.
Aussi Laurent tomba devant cette madone,
Il se mit à genoux ; et dit : — « Fanchon, pardonne !
« Je le vois, jusqu'ici, j'étais un insensé,
« Vois tout mon repentir, et pardonne au passé !

— « Laurent ! il n'est plus temps ! cria la voix du prêtre,
« Fanchon est toute à Dieu, vous n'êtes plus son maître,
« Or, fuyez cet asile où le pauvre innocent
« Est admis, et que nul ne foule impunément! »

L'époux resta frappé de cette voix sévère.
Après il se rendit au prochain presbytère.
Il ne revint jamais redemander Fanchon ;
Et chacun ignora son destin et son nom.

LA RUE DES JARDINS

OÙ LES MÉTAMORPHOSES DE RABELAIS.

Oh ! quels amants de l'histoire
Que nos précédents auteurs !
        Quels docteurs !
Ils puisaient dans l'écritoire
Des trésors, — et c'est notoire,
        Des lecteurs.

Rabelais surtout efface
Tous les autres par l'esprit.
　　　Il surprit
La science face à face,
Et son siècle boniface
　　　Le comprit.

Savant comme un annaliste
Et latin comme un vieux saint
　　　Capucin,
Astronome et moraliste,
Et pour compléter la liste,
　　　Médecin !

Avec son talent sceptique,
Cet ami du Jurançon,
　　　Sans façon,
Fut un Diogène attique ;
Son livre est une boutique
　　　A leçon.

Un jour, —Duprat, au collége,
Duprat, ce grand chancelier
　　　Régulier,
Comme un fardeau qu'il allége,
Ota quelque privilége, —
　　　Séculier.

Pour apaiser le grand maître
Rabelais fut envoyé.
Vous croyez !
Qu'il fut prêt à se soumettre
Ou qu'il raccourcit son mètre,
Et voyez !

Aussitôt il se déguise
En italien rembruni
Et fini,
Et comme un vrai duc de Guise,
Tient un discours à sa guise
Infini.

On appelle un interprète
Pour répondre au rossignol.
Le Guignol
Qui tient sa réserve prête
Parle à l'autre qui s'apprête,
— Espagnol !

On appelle un nouveau sage.
Rabelais changeant soudain,
Le mondain,
Comme on change de corsage,
En latin cite un passage
Sans dédain.

On appelle par supplique
Un interprète plus fort
    Pour renfort,
Rabelais quand il s'explique,
En allémand lui réplique
    Sans effort.

On appelle une Allemande
Pour répondre à l'allemand.
    Changement!
Rabelais, à la Flamande
Parle arabe et la gourmande
    Lestement.

On appelle par méprise
Le plus savant professeur.
    Le farceur;
Comme s'il prenait sa prise,
Répond hébreu, sans surprise
    Au censeur.

Pour le coup, quel phénomène !
Quel est donc ce grand auteur ?
    Ce lutteur ?
Est-il de la race humaine ?
Voyez comme il vous promène
    Le docteur ?

Duprat, averti de suite,
Le fait entrer daus les cours
  En concours ;
Sans être ému de sa suite,
Rabelais, lui tient ensuite
  Ce discours : —

— « Ma maîtresse, c'est la Muse.
« Pour elle tous mes penchants,
  « Tous mes chants ;
« Son plus léger mot m'amuse,
« Quand elle s'enfuit, je muse
  « Dans les champs.

« C'est de l'ail de rocambole
« Qu'elle sert dans ses festins
  « Si mutins,
« Sa figure est un symbole ;
« L'auteur lui prend son obole
  « Les matins.

« C'est une noble maîtresse !
« Jamais de geste passif ;
  « L'air pensif,
« Tous les traits d'une prêtresse,
« Jamais de chose traîtresse
  « D'œil lascif.

« C'est la galère réale
« Se penchant sur les rebords.
        « Sur ses bords
« Sont les fruits de céréale,
« Les lueurs de boréale,
            « Quels abords !

« J'aime d'un amour robuste
« Ma vierge aux seins palpitants !
        « En tous temps !
« J'ai béni, porté son buste,
« Et j'arrose son arbuste
            « Au printemps.

« Et quand vient son jour de fête
« Je lui porte un madrigal
        « Sans égal ;
« De diamants elle est faite,
« Je la vois du sol au faîte,
            « Quel régal !

« Lors, je ne suis plus ermite ;
« Mon gros ventre est rebondi,
        « Arrondi ;
« Ma douleur devient un mythe.
« Et par mon pouvoir j'imite
            « Un cadi.

« Tantôt, c'est du sel Attique
« Tantôt du laisser-aller,
    De l'antique.
« On l'entend rossignoler,
« Comme un bel oiseau siffler
    « Du celtique.

« Aussi froid qu'un nénuphar
« Un auteur sans importance,
    « Plein de fard,
« Se trouvant trop à distance,
« Accuse l'art d'inconstance,
    « le cafard !

« C'est qu'il marche à l'étourdie,
« Qu'à peine il sait voltiger,
    « L'étranger ;
« Si sa vue était hardie,
« Oh ! la douce comédie
    « A juger !

« Par ici pour avant-garde,
« On voit tout un régiment
    « De piment.
« La campagne sert de garde,
« Et le zénith nous regarde
    « En amant.

« Le beau moucheron respire
« La liqueur qui le pénétrait,
  « Comme un trait.
« La forêt pleure et soupire,
« Et le blanc narcisse aspire
  « Son portrait.

« L'Abeille en robe azurée,
« Va prendre sa picorée
  « Sur le thym.
« Et puis soudain déflorée,
« Laisse le dard qu'elle atteint
  « Et s'éteint.

« C'est pourquoi, soyons fidèles
« A ces reines de l'honneur,
  « Monseigneur !
« Ce sont là les vrais modèles.
« On devient, — s'éloignant d'elles,
  « Suborneur. »

Charmé de cette sentence,
Cachée au fond des émaux,
  Des rameaux,
Duprat rendit sans instance
Aux choses leur importance
  En trois mots.

LA RUE DES TOURNELLES.

—

Que j'aime à te revoir, ô vieux coin des tournelles,
Cher abri de Ninon, ce miracle des belles !
Asile où Despréaux trouvait la vérité,
Où Molière parlait à la postérité !

Que j'aime à te revoir!... quand le soleil s'abaisse
Et se voile de noir comme une antique abbesse;

Bien souvent je parcours ton site abandonné !
Là, j'évoque tes morts, ton sol prédestiné,
Je revois ces héros, ces guerriers, — ombres fières
Qui semblent nous parler par leurs sombres paupières !
Eh ! bien, je l'avouerai,—j'en demande pardon.

Mais mon plus beau tableau là dedans, c'est Ninon.
Ce phénix de beauté que chacun de nous aime,
Avec tout son esprit, reste encore un problème.
Elle était philosophe, à ne prendre ce mot
Que comme un piédestal, ou plutôt un manteau,
Car aimant le plaisir mieux qu'une vierge folle,
Elle donnait son cœur aussi bien qu'une obole.
Mais est-ce la vertu qui guidait sa raison?
On peut bien en douter, mais quant à dire:—non,
Je ne l'oserais pas. C'est qu'en effet, cette âme
Recélait un volcan ou des torrents de flamme.
Elle voulait savoir le mot du genre humain,
L'énigme de ce monde et l'arrêt du destin.
Ainsi que les esprits d'une portée immense
Les moyens s'effaçaient devant une influence.
Doit-on la condamner? mais à côté du mal
Vous trouvez le sublime et le plus haut moral.
Sa vie offre souvent des pages qu'on regrette,
C'est, au premier aspect une éternelle fête,
Mais, dès qu'elle a posé le masque du plaisir,
La femme s'agenouille et pousse un long soupir;

Souvent même son chant, son hymne de détresse
Atteint jusqu'au sublime à force de tendresse.
Contraste, amour du beau, voilà tout son destin !
Elle eût voulu franchir les bornes du certain ;
Effeuillant ses amours comme un bouton de rose,
Prenant un sentiment pour en savoir la cause,
Abandonnant un cœur, non par caprice vain,
Mais par désir de lire au fond du livre humain.
Dirai-je mon avis ? — c'est don Juan femelle.
Elle sait qu'elle est forte, elle sait qu'elle est belle,
Elle sait que le cœur de l'homme est si changeant,
Qu'en dépit de lui-même il n'aime qu'un instant.
Dans ses derniers replis elle a porté la sonde,
Hélas ! elle a senti le vide de ce monde !

Quel que fût son désir, ah ! peut-on la blâmer ?
Son défaut fut si doux, celui de trop aimer !...
Le ciel ne plaint-il pas la pauvre pécheresse ?
L'amour, c'est le talent, la splendeur, la jeunesse.
Si l'on aimait toujours on serait désarmé,
Et quand on n'aime plus c'est qu'on a trop aimé !...

Jugeons-la par un trait qui peint le caractère,
Et le cœur. — ce n'est pas d'un esprit ordinaire.

Un beau jour de printemps, qu'un soleil sans égal
Inondait de rayons le vaste parc royal,

Ninon se promenait sous les murs en ogive.
Elle était ce jour-là résignée et pensive.
Toujours belle à ravir, cet air demi-rêveur
Ajoutait à sa grâce encor plus de douceur.

La foule l'admirait comme une fleur exquise.

Un cercle de seigneurs, à la marche indécise,
Au regard satisfait, lui formait une cour.

Derrière ces enfants, courtisans de l'amour,
Un jeune homme vêtu d'un maigre haut-de-chausse
Jetait des yeux ardents sur Ninon. — L'on se gausse
Des amoureux transis qui portent tous leurs vœux
Dans un ordre impossible ou trop au-dessus d'eux.
Et pourtant ces fous-là ne manquent pas d'idée ;
Mais par un seul objet leur tête est obsédée,
Et ne mesurant plus la distance des rangs
Ils jettent leurs trésors parfois aux quatre vents.

C'était un de ces fous qui lorgnait la charmante.
Son costume accusait une bourse indigente,
Et son air misérable éteignait sa beauté ;
Mais pourtant son regard respirait la fierté.

—« Ninon? votre amoureux? » dit un beau mousquetaire.

— « Encor ce malheureux ! Mais qui le fera taire ?

« Il s'attache à mes pas comme un fatal démon. »

— « Faut-il le châtier, ô ma belle Ninon ?
Répondit Villarceaux.

      — « Vrai gibier de potence !
« Vous n'en avez le cœur, ni même la puissance,
« Répondit l'inconnu s'avançant de plus près,

— « Allons, partons d'ici, nous reviendrons après,
Dit Ninon en fuyant ; vrai, cet homme m'excède.

— « Oui, vous avez raison, car la sottise est laide.»

La cohorte brillante, ainsi qu'un vaste essaim
Se dispersa bientôt sous les clos du jardin,
Et l'on ne pensa plus à ce pâle visage
Qui s'était présenté comme un triste présage.

Cet homme-là pourtant, déjà depuis deux ans
Persécutait Ninon plus que dix mille amants.
C'était son amoureux, comme on l'avait pu dire ;
Son amoureux transi, servant de but au rire.
Pauvre écolier sans place, ayant pour avenir
Un patrimoine vide et la soif du plaisir !

Pour son malheur, un jour, dans une promenade
Il avait rencontré la belle hamadryade,
Et soudain un amour immense et sans raison
Au sein de son cerveau s'était fait un fronton.
Pour satisfaire aux vœux de sa nouvelle reine,
Il avait tout vendu, bijoux, vaisselle ancienne,
Meubles de la maison, enfin ce qui restait.
A propos, c'est Laurent alors qu'il s'appelait.

Quand il eut pris enfin une somme assez ronde,
Environ cent écus, ce qu'il avait au monde,
Il alla chez Ninon, et mit à ses genoux
Son trésor, lui disant :

          — « Oh ! moi je suis jaloux
« De vos grâces, Madame, et de votre mérite.
« Sans en avoir le droit, je m'offense et m'irrite
« De voir tant de valets souffler sur cet or pur !
« Écoutez ! si le ciel a versé tant d'azur
« Autour de votre front, c'est pour, chaste prêtresse,
« Le montrer comme emblême ou comme une richesse,
« Non pour le prodiguer sans mesure, au hasard.
« Car la beauté suave est comme une œuvre d'art.
« Elle est dans l'univers un merveilleux spectacle,
« Un trésor tout divin digne d'un tabernacle,
« Que l'on doit chastement sous un voile d'argent
« Laisser à peine voir aux regards d'un amant ! »

Dans un autre moment, notre belle peut-être
Eût accueilli Laurent ou l'eût voulu connaître,
Mais par malheur, ce jour, elle avait de l'humeur.
Elle venait d'entendre un assommant auteur.
Aussi, sans écouter une seule parole,
Ninon le fit chasser par sa bonne Nicole.

Et pourtant ce que c'est! s'il fût venu plus tôt,
Si son col de Hollande avait été moins haut,
Il aurait pu flatter la jeune châtelaine.
Arriver à propos, c'est la morale humaine.

Ah! oui, mais le hasard! — Le hasard est un sot
Qui ne sait ce qu'il fait. Allez le prendre au mot?
Il vous renversera toute votre fortune,
Tandis que si, tenant la route peu commune,
Vous marchez par vous seul, sans vous laisser régir
Par un tas d'intrigants ravis de vous servir,
Vous arrivez au but certain, la réussite !
Lisez plutôt l'histoire, — et concluez ensuite.

II.

Laurent désespéré s'en alla sur les quais.
Là, beaucoup de soldats, des valets équipés,

Pour occuper le temps ou plutôt leur paresse,
Jouaient aux dés pipés et roulaient dans l'ivresse...
Laurent, pour se distraire, étant seul à Paris
Et, comme on l'imagine, ayant fort peu d'amis,
But avec ces messieurs, s'enivra, — puis, en somme,
Tomba dans le ruisseau comme un cheval de somme.
Quand il se réveilla, pour passer son chagrin,
Il se remit à table, et but jusqu'au matin.

Bref, il devint ivrogne, il eut cet affreux vice
Qui dévore le cœur, l'esprit, jusqu'au caprice.
Il oublia son nom, son âme, son honneur !
C'est aussi malheureux que d'être né joueur !

A partir de ce jour, aussitôt que l'ivresse
Ne lui permettait plus de boire, — sa maîtresse
Tout à coup revenait voltiger sous ses yeux ;
Il voyait dans un songe un regard lumineux !
Alors, pris d'un fou rire et d'une ardeur sauvage,
Il allait se porter partout sur son passage,
Et pendant tout le jour il restait éperdu.
C'était tout son plaisir, à cet amant déçu.

On conçoit que Ninon, cette femme si rude
Sur la sobriété (disons même un peu prude,
Car Chapelle à ses yeux perdait tout son éclat),
Dut regarder Laurent comme un dernier goujat.

Aussi toutes les fois qu'il dérangeait sa course,
Elle crachait en l'air, ou bien jetait sa bourse.

Enfin Laurent comprit son erreur et son tort,
Certe, il ne craignait pas le danger ou la mort;
Mais un soir, par hasard, entrant dans une église,
Il se mit à prier, — puis, une abbesse grise
Lui donna des conseils. Au bout de quatre mois
Il avait tout quitté, son état d'autrefois,
Ses goûts désordonnés, — bref, il s'était fait moine
Avec les derniers sous restant du patrimoine.

Chose bizarre alors ! quand on ne le vit pas
A la place Royale en riant aux éclats,
Alors on commença de penser à cet homme.

« Était-il de Paris? Arrivait-il de Rome?
« Quel était son état? A propos ! et son sort?
« Ah ! le pauvre garçon, mais peut-être il est mort ! »

Ninon, qui rarement se montrait sérieuse,
Devint pensive alors, — ou peut-être amoureuse.

III.

Un an s'était passé depuis que Laurent-Jean
Avait pris le manteau de moine, pauvre amant !
On ne s'occupait plus de lui sur cette place
Où Ninon l'avait vu si souvent face à face.
Pour elle, toujours vive, au milieu du plaisir
Le bonheur l'adoptait et semblait la choisir.

Pendant une soirée où se trouvait Molière,
A propos de Tartuffe on parla de prière,
De sermons éloquents, et l'on vint à citer
Un nouvel orateur, digne de mériter
La faveur du public et du monde d'élite.

—Vous ne l'avez pas vu, Ninon ?

                              —J'y vais de suite,
S'il prêche encore ce soir ?

                              —Quatre heures ! justement
Il en est temps encor.

                    — Bien, partons promptement.

Et soudain l'assemblée, (ô chose assez folâtre !)
Transportant à *Saint-Paul* les amis du théâtre,
Laissa les guéridons tout couverts, et partit
Pour entendre un sermon, c'était la mode ainsi.
L'auditoire était vaste, et la nef était pleine.
Condé, Boileau, Racine et la cour souveraine
Pressés sur les degrés attendaient l'orateur.

Soudain un grand silence, un murmure flatteur,
Comme quand tout un monde en un instant s'apaise,
Annonça le discours ;
               —Le saint frère Exégèse,
(Il se nommait ainsi,) commença l'oraison.
Jamais voix plus suave et plus forte, dit-on,
N'enchanta les esprits. Chaque âme palpitante
Suivait avec ardeur, et la foi pénétrante
Descendait doucement, comme un philtre enchanteur,
Par un chemin secret au plus profond du cœur.
Chacun était ému, toute haine était morte.
En ce moment, quelqu'un, observant à la porte
Eût pu voir tous ces fronts, ennemis bien souvent,
Réunis pour une heure en un suprême élan.

A peine eût-il fini, qu'un cri se fit entendre :
— C'est lui ! c'est Laurent-Jean !

              —C'était fait pour surprendre !

On chercha bien à voir, en vain; mais au sermon
Des indiscrètes voix parlèrent de Ninon.

Le lendemain, Ninon vint au temple, — mais seule,
Sans amis, sans témoins, mise comme une aïeule
Avec un pardessus de taffetas bien noir,
Un capuchon tombant sur ses yeux.

                    —Quel espoir
Pouvait donc l'attirer dans le fond d'une église ?
Le lendemain encor, la même heure précise,
La revit sur son banc, l'on n'y comprenait rien.
Car enfin, disait-on, elle est jeune, a du bien,
Que veut-elle de plus? se convertirait-elle ?
C'est comme Madeleine ; elle est un peu moins belle,
Voilà tout.

       —Mais Ninon n'écoutait rien.

                     Enfin
Son valet fit entrer un jeune homme, un matin.
Cet homme était tremblant; sa démarche incertaine
Accusait un grand trouble, il regardait à peine.

— Oh! c'est lui ! s'écria Ninon en le voyant.

— « Hélas ! oui, c'est bien moi ! s'écria Laurent-Jean

« Moi , cet ancien proscrit, dédaigné du beau monde ,
« Moi, le rebut de tous, moi, cette lèpre immonde,
« Que l'on n'aurait touché de peur d'être flétri ;
« Pour la honte et l'horreur on me croyait pétri !
« Ah ! vous rappelez-vous ! Madame , mes blessures
« Ces mépris foudroyants, ces publiques injures !
« Ah ! vous rappelez-vous ce jour, où, sous l'arcade ,
« Villarceaux souffleta le pauvre esprit malade ;
« Alors, j'ai bien souffert ! vous étiez sans pitié ! »

— « Il est vrai, dit Ninon, je n'ai rien oublié !
« Et maintenant, Laurent, vous êtes un apôtre.
« Vous avez donc changé votre âme pour une autre !
« Quoi ! vous que l'on croyait à tout jamais perdu ,
« Vous enseignez les cœurs !

      — Le souffle est descendu
« Sur moi. Chassé par vous et cherchant un asile,
« J'entrai dans un lieu saint où tout était tranquille ,
« Où chaque objet semblait respirer la pudeur.
« Une lampe jetant une douce lueur
« Semblait parler aux sens et dire : ô conscience !
« Sois comme moi toujours, imite mon essence.
« Veille, veille toujours ! ne laisse pas périr
 Ton germe lumineux, sous peine de mourir !
« Moi, j'aime ma clarté, je l'entretiens sans cesse.
« L'huile qui me ranime est comme la sagesse ,

« S'écoulant doucement, lac paisible et fleuri.

« La tempête et les vents ne l'ont jamais flétri !

« Ainsi forte et guidée, ô conscience sainte !

« Tes jours seront plus beaux, tu marcheras sans crainte.

« Approche, ce flambeau je le mets dans ta main ;

« Chacun cherche au hasard le flambeau du destin,

« Et l'éternel bonheur dont la foi fait l'emblême

« Posera sur ton front son brillant diadême ! »

— « Oh je vous reconnais ! et de pareils accents

« Ont frappé mon oreille au milieu d'autres temps !

« Alors je méprisais cette voix, ce langage !...

« Mais, dites-moi, Laurent, par quel charme, à votre âge,

« Avez-vous repoussé tous les désirs du cœur ? »

— « Je vous l'ai déjà dit, la foi me rend vainqueur.

— « Quoi ! la glace a couvert ce grand volcan de flamme ?

« Mais vous ne pouvez pas anéantir votre âme !

« Mais vos yeux sont brillants ! ce regard enchanté

« Doit encore adorer la grâce et la beauté !

« Les trésors d'une fleur, les parfums de la terre

« Ont-ils perdu pour vous tout l'attrait du mystère ?

— « Non ! je suis insensible, et mon cœur est usé.

Ninon le regardait avec un œil rusé.

Car depuis quelque temps la perfide coquette
Tentait avec Laurent une attaque muette,
Et ses yeux enchanteurs, son sourire enivrant,
Rallumaient dans son cœur un feu déjà mourant.

— « Enfin, Laurent, enfin ! vous m'avez bien aimée ! »
Il ne répondit pas.
                    — « Cette brise embaumée,
« Ce rayon qui sourit à tout premier amour,
« Sont-ils éteints, Laurent, ont-ils fui sans retour ? »

Un soupir étouffé fut toute la réponse.

—« Oui, vous m'aimez encor, votre cœur le prononce.
« Vous m'aimez, je le vois, dit-elle en l'attirant ;
Et prenant une main qu'il retint faiblement :
—« Ecoutez, Laurent-Jean, cette heure est solennelle.
« Jadis je fus injuste et même criminelle,
« Mais je veux réparer une trop longue erreur.
« Or, si je vous disais,—Laurent, prends-moi pour sœur,
« Car je t'aime à mon tour ! car ta gloire nouvelle
« A fait frémir mes sens ! tu deviens mon modèle !
« Ouvre-moi ta poitrine et reste seul ici.
« Que diriez-vous ? Laurent, si je parlais ainsi ? »

Hors d'haleine, éperdu, se soutenant à peine,
Laurent-Jean s'écria : — « Je t'aime, ô Madeleine ! »

On s'expliqua soudain, et tout fut convenu.
Le lendemain, — avant que le soir fût venu
On partirait bien loin de Paris, en voiture ;
Jean quitterait ses vœux et sa robe de bure.

Quand Laurent fut parti, Ninon rêva longtemps.
Son amour était vrai, mais elle avait trente ans.

Elle pensa que Jean, par une providence
Avait recu la foi, — que par son influence
Elle allait rejeter dans un bourbier nouveau
Ce front jadis si vil, et maintenant si beau !
Et tout cela, pourquoi ? pour un caprice étrange
Qui durerait six mois. — car on n'est pas un ange !

Alors, elle voulut trancher soudain le mal.
Elle prit un valet, fit seller un cheval,
Et partit à l'instant sans dire sa demeure.
Tout cela s'était fait dans l'espace d'une heure.

Le lendemain, Laurent, après bien des combats,
Arriva chez Ninon, et ne la trouva pas.
Il retourna prier près de son oratoire,
Mais il ne prêcha plus jamais, dès cette histoire.

L'ÉLÈVE DE RACINE.

I.

« Muse mystérieuse
« Qui sur mon jeune front penchas ton rameau d'or !
« Charmante ! insoucieuse,
« Vierge au divin trésor,
« Pourquoi donc ralentir tes pas et ta cadence ?
« Pourquoi, la tête inclinée en silence,

« De tes flots d'harmonie interrompre le cours?

« As-tu donc pris ton vol parmi l'espace immense ?

« Veux-tu m'oublier pour toujours?

« Reviens! reviens à moi! ma vierge bien-aimée!

« Regarde encor l'enfant du ciel,

« Et que ta bouche parfumée

« Dépose sur ma lèvre un doux rayon de miel ! »

Sous un abri très-étroit et très-frêle,

Ayant Virgile pour modèle,

Pour compagnon, un lit obscur,

Et pour ami, le plus antique mur !

Un jeune auteur au sein de la détresse,

Modulait quelques vers pour charmer sa tristesse.

Vingt-cinq ans répandaient leur charme sur son front !

Son visage était pur, son œil était profond,

Et la beauté, — cette fleur éternelle !

(Car la nature est toujours belle !)

Rehaussait son air et son ton.

On l'avait refusé, le timide poète,

Et pour se consoler de sa prompte défaite,

Il faisait un sonnet,

Au lieu de se tirer un coup de pistolet.

A cette époque de puissance,

De génie et d'intelligence ,

On ne violait pas les lois de l'univers.
C'était la mode alors ; on se tuait en vers.

— Or donc, notre héros poète,
Au lieu de faire une conquête
S'était vu refuser au seuil du Panthéon.
Il était habitant de la Ferté-Milon.
Après avoir jeté de rage
Son manuscrit sur le plafond,
Tout à coup devenant plus sage :

« Parbleu ! — s'écria-t-il, — sera-ce Cicéron,
« Virgile, Horace, ou Mécène, son maître,
« Qui me feront entrer au Théâtre-Français ?
« Un vivant vaut mieux qu'un à naître,
« Un grand homme protège ! oh ! si j'en connaissais !
« Eh ! grand Dieu ! l'illustre Racine
« Etait mon compagnon dans sa ville autrefois !
« Si j'allais l'implorer ! car la gloire est divine.
« Le génie est l'égal des rois !
« Justement ! (Le hasard est riche !)
« Il est aujourd'hui sur l'affiche,
« Et sans nul doute il est ravi !
« Voir son œuvre au grand jour, c'est revoir un ami ! »

Sans plus tarder, le néophyte
Mit son large habit violet,

8

Puis alla rendre une visite
A l'auteur de Bajazet.

II.

Le logis où Racine habitait à cette heure,
Était une demeure
Bien simple, — sans fronton,
Sans ornements et sans balcon.
En revanche du reste, elle avait sept étages.
Un locataire pour chacun.
Elle eût pu contenir aisément les sept sages,
Pour peu qu'on en vît sept, — ce qui n'est pas commun.
Un escalier noir par la lampe,
Des pilastres de bois, pour rampe,
A chaque étage, un vrai grenier,
Voilà quel était l'escalier.
Et puis pour terminer ce tableau fort peu riche,
La porte de Racine avait un pied de biche.
Un pied de biche, oh! ciel! dira-t-on maintenant!
Un pied de biche, oh! Dieu! quel chétif habitant!
Quel mince locataire!
— « Mais il avait, ma chère,
(Dira plus d'une dame,) à peine mille écus. »
Mesdames, pardonnez, je sais qu'on en a plus,

Je sais que nos toits et nos dômes
Sont ravissants et si coquets
Que l'on croirait d'honneur habiter les royaumes
Où se fabriquent les palais.
Je sais qu'une baguette imposant à la pierre
A changé la grande cité,
Et l'a faite si belle, et pleine de lumière
Qu'on la couronnerait la reine de beauté !
Paris, comme une femme, est recouvert d'hermine ;
Il a de grands arceaux en l'air,
Des monts de flammes dans l'hiver ;
Mais comment se fait-il qu'il n'ait plus de Racine ?
Enfin, malgré le corridor très-noir,
L'escalier qu'on ne pouvait voir,
Le poète parvint au haut de l'édifice,
Il dit son nom, — son titre, — et sans aucun caprice
On le reçut comme un agneau.
Racine arrive dans sa gloire,
L'accueille en souriant comme un ami nouveau,
Et lui dit : récitez, enfant de la mémoire !
Le poète s'assied et prend son manuscrit,
D'une voix bien timide, il balbutie et lit.

— Quand il eut terminé sa pauvre comédie,
Car elle était mauvaise, — il faut en convenir,
Racine, — sans faiblir,
C'est le cachet du génie,

Lui dit : — « poète, écoutez !

« Vous prenez pour talent un semblant de nature.

« Vous vous trompez, je l'assure.

« Les chemins de l'amour sont toujours enchantés !

« La première heure, on voit tout parler et sourire,

« Le cœur est enivré, le passant vous admire,

« Et l'esprit est si plein que l'on croirait tenir

« A la fois son présent et tout son avenir !

« Et cependant, poète !

« Deux jours sont-ils passés :

« Les cœurs sont effacés,

« Et l'on voudrait au loin chercher une retraite !

« Eh bien ! la poésie, invisible beauté,

« Nous murmure souvent pareille volupté,

« Elle fait croire même

« A l'infini divin,

« A tout ce que l'on aime,

« Aux perles du matin ;

« Et puis quand elle a fait son œuvre de marâtre,

« Quand elle vous a pris tout le bonheur de l'âtre,

« Tout le bonheur d'enfant,

« Le sourire et l'éclair triomphant,

« Alors, elle vous laisse et va trouver, — perfide,

« Un nouveau plus avide !

— « Quoi ! poète ! c'est vous,

« Qui dédaignez la gloire au lieu d'être jaloux ?

« Vous, ô lèvre divine !

« Écho pur et charmant que l'on nomme Racine,

« C'est vous qui rejetez

La gloire et l'immortalité !

« Écoutez ! mais je meurs ! je meurs sans cette gloire !

« C'est mon rêve et mon talisman !

« Que m'importe le reste, amour, fortune, rang,

« Tout vit pour moi dans la mémoire !

« Si la vie est un mot, je veux donner le mien !

« Le poète est semblable aux héros de la terre,

« Il donne tout son sang pour ne posséder rien,

« Et meurt avec plaisir, si sa gloire a su plaire !

« O poète ! la gloire est tout mon avenir !

« Oh ! je veux lui rester fidèle !

« Éteignez ce divin désir !

« Cherchez à me séparer d'elle !

« Et bientôt, je perds en un jour,

« Si sa bouche est pour moi flétrie,

« Le premier soupir de l'amour,

« Le dernier souffle de la vie ! »

A ces accents qu'il reconnaît,

Racine sent sa voix muette,

Il le presse en ses bras, et dit : « chante, ô poète,

« Puisque tu m'as dit ton secret !

« Mais je veux diriger ton inexpérience,

« Tu ne peux réussir sans être protégé.

« Ce soir, je te produis au sein de la science,
  « C'est là que tu seras jugé ! »

    Il tint sa parole de suite.
En effet, emmenant son jeune compagnon,
L'auteur d'Iphigénie, en vantant son mérite,
    Le présenta chez Lamoignon,
Où se réunissait la gloire et son élite.

Avec ce protecteur le jeune homme parut
Sinon un vrai génie, au moins un noble élu ;
De complimens outrés maint bel esprit l'accable,
Il obtint son triomphe en lisant une fable.
    (Une fable, c'est sitôt lu !)

    Il allait se croire un prodige,
Et les vagues d'encens qu'il voyait voltiger
    Déja lui donnaient le vertige,
    Quand un profil étranger,
Un visage charmant tel que peut en rêver
  Un auteur, pour orner sa couronne,
Passa devant ses yeux, ainsi qu'une madone.
    A cette vue, ému, surpris,
Comme un homme frappé d'une clarté féconde,
Le jeune homme oubliant Racine, tout le monde,
    Jette des regards interdits
    Sur ce front que la joie inonde.

Comme on allait danser, il s'approche soudain,
      Invite et présente sa main;
Durant l'espace entier que dura le quadrille
Il resta constamment près de la jeune fille,
Parlant des goûts du jour, du ton le plus badin.
Et l'enfant répondait à toutes ses paroles.
Ses mots étaient si doux ! tant de choses si folles,
Si brillantes, sortaient de cette bouche en cœur !
      Car c'est un enchanteur
Qu'un poète inspiré, quand il cherche à sourire,
Et qu'il veut à tout prix qu'une seule l'admire.
Comment lui résister? jeune fille, dis-moi,
Ses accents n'ont-ils pas le charme de la foi?

La belle enfant avait un magistrat pour père,
Membre du parlement et conseiller austère,
Observant ses devoirs avec un zèle égal.
      Par un hasard fatal,
Il aimait la science et non la poésie.
Les grands hymnes rêveurs, les coupes d'ambroisie
      Étaient stériles d'après lui,
« Le premier des besoins, c'est d'observer la vie,
« Disait-il, et vos vers ne flattent que l'envie. »
      On en dit autant aujourd'hui.

Agnès était le nom de notre jeune fille.
      A quoi bon le cacher?

Elle était douce et tendre, et sans s'effaroucher,
Comme l'aimant qui tourne où l'attire l'aiguille,
      Elle alla se cacher,
Le soir même en rentrant, dans les bras de sa mère,
En lui disant tout bas : « que m'est-il arrivé?
« Je ne me connais plus, j'ai mal fait ma prière,
« Mon cœur ressent un mal qu'il n'a pas éprouvé. »

Bref, elle aimait déja l'élève de Racine.
      Pour lui, même douleur !
C'est bien une douleur qu'un amour séducteur
      Qu'à peine l'on devine ;
   Invisible serpent qui s'empare si bien
     De notre âme et de sa jeunesse
Que l'on délaisse tout, pour suivre comme un chien
     Le premier passant, à la laisse.
Notre auteur agissait de semblable façon,
Il n'écrivait plus rien, il laissait un poème
      Inachevé, sans nom.
A vrai dire, c'était une ombre de lui-même.
Agnès avait tout fait avec un mot d'espoir.
Racine sut bientôt où marchait son poète.
     Que fit-il ? un beau soir,
Il vit le conseiller et se fit l'interprète
     Du jeune homme. Il avait pu voir
Que le père embrassait Agnès d'un air de fête ;
Racine lui fit donc un discours plein d'attrait.

— « Je sais tout, répondit le juge,
« Bien plus, ma fille aime en secret
« Votre jeune héros, mais a-t-il un refuge?
« Des parents? des amis? un état qui pourrait
  « Remplacer pour lui l'intérêt?

  — « Eh! comme moi, lui dit Racine,
 « C'est un auteur, et j'imagine,
« Si votre belle Agnès eût dû me regarder,
« Que vous m'auriez reçu sans me rien demander? »

— « Ne parlons pas de vous; s'il eût fait Hermione,
« Votre auteur, à coup sûr, aurait reçu ma foi.
« C'est un poète à naître, et moi j'ai pris pour loi
« De donner pour époux à la jeune personne,
« Un homme à bon métier, à défaut du talent.
« Pour obtenir Agnès qu'il se fasse marchand !
  « C'est là ma volonté suprême ! »

  Impossible de le changer,
  Ce bonhomme avait un système.
Le jeune homme, longtemps, avant de se ranger
  Hésita, se sonda lui-même ;
Enfin les yeux d'Agnès vinrent le décider.
Il se fit donc marchand, ce ne fut pas sans peine.
  Et depuis ce temps-là,
Au lieu d'auner des vers, il mesurait la laine.

Eh bien ! il n'en fut pas moins heureux pour cela.
Quelquefois dans une humeur noire,
Il allait voir Racine au milieu de sa gloire.
S'il exprimait quelque regret,
Soudain pour l'apaiser Racine répondait :

— « Enfant ! ne soyez pas la dupe de vous-même.
« Enfant, la poésie existe dans l'esprit !
« Votre œuvre le plus beau, votre Agnès vous l'apprit.
« On est toujours rêveur aussitôt que l'on aime ,
« Et quand on est aimé, c'est le plus beau poëme ! »

LA RUE DE RIVOLI.

——

Parmi tous les défauts, que de son libre arbitre
Chacun peut m'adresser, à bon ou juste titre ,
Il en est un surtout que je prévois, — celui
De me montrer rétif aux choses d'aujourd'hui,
De vanter le passé pour dénigrer l'époque,
De préférer aux fins habits, une défroque,
Enfin, soit par système ou par vain préjugé ,
D'adorer un fétiche excellent, — mais jugé.

Pour ne pas me fâcher avec l'ère nouvelle,
Et montrer qu'au présent je ne suis pas rebelle,
Parlons des mœurs du jour, non du monde aboli ;
La scène embrassera le cours de Rivoli.

Cette fois, il s'agit d'histoires de ménage.
Ah ! ce n'est pas nouveau, dira-t-on, — mais je gage,
Messieurs, — que mon récit a son côté piquant.
En effet... mais j'allais tirer le paravent
Avant le premier mot, — comble de maladresse !
Le talent du conteur, c'est de voiler sans cesse,
Surtout le dénouement . Ceci dit, commençons.
Le récit se passant au temps où nous vivons
Et les acteurs comptant à l'époque présente,
Nous voilerons les noms par une variante.

Dans la nouvelle rue où le regard surpris
Voit sortir de la terre un moderne Paris,
L'an dernier, deux époux présentaient une image
De l'amour accompli, — l'amour dans le ménage.

On parle trop souvent des maris malheureux ;
C'est un thême plaisant, mais il est dangereux,
Et puis il est très-faux ; bien plus que l'on ne pense ,
Il est des unions heureuses, mais en France
Dès qu'un dicton a cours, le plus communément
On examine peu s'il a du fondement.

Ainsi contre le ton et l'ordinaire usage,
Nous allons raconter un heureux mariage ;
Il est bon de montrer qu'un tableau peu vanté
Sait plaire, sans briller par un effet heurté.

Donc deux époux ornés des dons de la jeunesse
Passaient leur beau printemps, au milieu de l'ivresse,
Donnant au moraliste un modèle accompli
Du bonheur conjugal sans nuage et sans pli.

Le mari, commerçant, avait pour nom Fabrice,
C'était un homme droit, un type de justice ;
Jamais il n'avait fait un pas faible ou douteux,
Et, contre l'habitude, il était très-heureux.

La femme avait vingt ans, se nommait Émilie.
C'était le pur rayon, l'idole de sa vie,
Car Fabrice au début d'une riche moisson
N'avait pas tout cueilli, réservant par raison
La plus belle récolte et les fruits de la sève,
Pour l'été qui mûrit la beauté, ce beau rêve !

La femme de Fabrice entourait son mari
De ces soins délicats dont on est attendri.

Bien souvent, un auteur a vu sa main rebelle
Reculer à l'aspect d'un tableau trop fidèle,

Pensant qu'il est mauvais de peindre le bonheur,
Qu'un semblable récit n'a rien qui soit flatteur,
Qu'il faut pour savoir plaire amener le contraste,
Que le riche s'endort au milieu de son faste,
Et qu'ainsi le portrait d'un bonheur trop aisé
Risque fort d'ennuyer un spectateur blasé.
Et pourtant, que de fois le pinceau de l'artiste
Sans que l'âme s'endorme, ou que le cœur s'attriste,
A tracé l'oasis dans toute sa splendeur !
Quoi ! s'est-on jamais plaint du parfum d'une fleur ?
Pourquoi donc repousser une aimable peinture
Sous le prétexte vain qu'elle est dans la nature ?
Mais la nature est l'art, son charme est tout-puissant !
Ainsi donc le bonheur peut être un élément
De succès, je dis plus, sous une plume habile
Il peut intéresser le cœur le moins docile.

Avez-vous entendu le soir dans des salons
Imprégnés de parfums, lorsque la valse en ronds
Court et se précipite, une douce harmonie
Jeter ses sons perlés sur la foule ravie ?
Des accents merveilleux voltigent dans les airs,
L'oreille écoute au loin de ravissants concerts ;
Dans le fond d'un boudoir, sur des coussins de soie,
Vous vous sentez ravir par des torrents de joie.
On croirait que des voix sortant du sein des fleurs
A travers les rameaux répondent à leurs sœurs.

C'est un rêve, une extase, un suprême délire,
Alors on croit revoir un ami mort sourire,
On retrouve un bonheur qui semblait défendu ;
Et l'on prierait le ciel si l'on n'était pas vu !
Tel était le bonheur que possédait Fabrice.
Bonheur pur comme un lac, sans larmes ni caprice !
Jugeons plutôt : Fabrice avait une maison
D'assurances à Londre, importante, dit-on.
Partant chaque matin dans son américaine
Il parcourait Paris, la grande artère humaine.
A midi, quand Fabrice avait tout terminé
Il rentrait, et trouvait le guéridon orné,
Sa femme l'attendait et se mettait à table .
Rien ne pouvait lutter avec son geste aimable,
Avec son doux maintien : jamais un mot moqueur.
Elle cachait l'esprit, pour mieux montrer son cœur.
Fabrice reparti, sa femme industrieuse
Dirigeait la maison d'une façon joyeuse,
Tant elle possédait l'art si grand d'ordonner
Sans blesser l'amour-propre, ou sans vous commander.

Elle ne disait pas— « Benoît, cette fourchette !
« Maladroit ! vous avez dérangé ma toilette ; »
Ou bien — « Lise, venez, ma robe de couleur :
« Vous ne savez rien faire, ah ! je suis d'une humeur!... »
Elle ne plaignait pas le malheur ordinaire
De harceler les gens, quand on ne sait que faire.

Elle disait : « Benoît, mon mari veut souvent
« Un service impossible ; il est très-exigeant,
« Entendez-vous ? il faut respecter son caprice,
« Chacun n'est pas parfait, c'est donc un sacrifice
« Que j'attends de vos soins, ils sont ingénieux ;
« Et vous m'obligerez si vous le servez mieux. »
Et grâce à ce manége assez diplomatique,
Elle avait su trouver un parfait domestique.
En effet, celui-ci, dans la persuasion
Qu'il était nécessaire au chef de la maison,
Et qu'il obéissait pour flatter la manie
D'un assez pauvre sire et d'un maigre génie,
Mettait à le servir un zèle si puissant
Qu'on aurait pu lui dire un mot de Talleyrand.
C'étaient des soins d'enfant, des réponses de père.

Et lorsqu'il s'agissait d'orner une étagère,
Ce travail tout nouveau ; quelle dextérité
Pour placer une coupe, un service incrusté !
Et puis, dans les repas il se doublait lui-même,
Soit qu'il remplît de vin un verre de bohême,
Soit qu'il distribuât un service embaumé,
Un faisan orgueilleux de son air parfumé,
Il montrait une adresse à ravir un despote.
— Une fée à coup sûr, vous prête sa marotte
Disait-on quelquefois. « Benoît est merveilleux !
Le fait est que Benoît faisait des envieux,

On aurait à prix d'or acheté ses services.
Ce phénix des Frontins enfantait des caprices,
Même on l'avait tenté par des offres de roi ;
Mais il refusait tout. Nous vous dirons pourquoi.

Le jeudi, quand Madame, ainsi que c'est l'usage,
Tenait son cercle ouvert, il faisait davantage.
Quel zèle ! quel entrain ! ses vêtements surtout
Etaient faits avec soin et dans le dernier goût.
Sitôt que l'on entrait, d'une facon princière
Son bras droit soulevait le bas de la portière.
Il ouvrait avec soin les portes des salons,
Marchait sur les tapis doux comme des gazons,
Puis annonçait enfin d'une voix magistrale :
Madame !... articulant cette phrase banale,
Avec un tel cachet de goût et de bon ton ,
Qu'un murmure flatteur l'accueillait au salon.
Car c'est un vrai talent de mettre de la grâce
Dans un léger détail, — c'est laisser une trace.
On peut se distinguer dès que l'on suit un but,
Talma l'a bien prouvé dès son premier début.
Fabrice avait trouvé le ciel des Hespérides.
C'était un fleuve d'or, sur ses flots pas de rides !
Quel plaisir quand l'hiver, dans son vaste fauteuil,
Les pieds sur les chenets, et lisant d'un coup-d'œil
Le Constitutionnel, la porte de la chambre
S'ouvrait, et qu'un parfum délicat comme l'ambre

Annonçait à ses sens la femme qu'il aimait !
Un pas vif et léger volait sur le parquet ;
Émilie arrivait, amoureuse et charmante.
Elle laissait glisser sur le divan sa mante,
Puis jetant un baiser au front de son mari,
Elle allait réchauffer son pied endolori.

— Que faites-vous, Monsieur ? disait la jeune belle,
Vous lisez un journal ! affaire criminelle !
Vous vous ennuyez donc ? Quel est ce désespoir ?

— Ma chère, je cherchais les spectacles du soir
Pour envoyer Benoît retenir une loge.

— Oh ! que c'est bien à toi ! regardons à l'horloge,
Voyons, quelle heure est-il, quatre heures, il est temps.

— Dis, que veux-tu ? choisis. L'opéra ? — dans vingt ans
J'irai m'y divertir quand je serai malade.
L'opéra de nos jours n'est qu'une promenade.

— Méchante ! que t'a fait l'opéra ?
                              — C'est ma mort.

— Eh bien ! n'en parlons plus, sur quoi jeter le sort ?
Irons-nous au Gymnase entendre notre actrice ?
— Le Gymnase est charmant, mais il est trop factice.

— Où veux-tu donc aller ? au Théâtre-Français,
La scène du talent et des plus beaux succès.

— C'est là, suivant mon goût, que l'art par excellence
A posé son fronton. C'est par lui que la France
Se drape dans la gloire et dans la majesté.
C'est la grâce charmante unie à la beauté,
Au Théâtre-Français mon esprit se sent vivre,
Chaque mot que j'entends me pénètre et m'enivre,
On n'y peut pas entrer sans être ému, ravi !
On n'en peut pas sortir sans avoir de l'esprit.

— C'est bien, rendons-nous là, ma noble souveraine.

Benoît revint bientôt avec une avant-scène.
Au moment du départ, Fabrice par hasard
Reçut, pour le soir même, une lettre de part.
On tenait dans un cercle une grande assemblée,
Il fallait emporter un gros vote d'emblée ;
Comment s'y refuser ? Il était président,
Et remet-on jamais une affaire d'argent ?

— « Pendant que je vais là, rends-toi seule au spectacle,
Dit-il bas à sa femme, écoute, c'est miracle
« Si dans une heure au plus je ne suis revenu ;
« Adieu, mon bel amour ! calme ce front ému. »
— « Quel ennui d'être seule !

— Une heure ? et puis, Madame,
N'entendrez-vous donc pas les héros de votre âme ?
C'est une société charmante d'après vous.
— J'aime encor mieux la tienne ;

                — Allons ! soyez jaloux
Dorante, et vous, Damis, et toi, jeune Clitandre !
Je l'emporte sur vous.

              — Ne me fais pas attendre
Gentilhomme. Leur coupé attendait dans la cour.

Et Fabrice partit, en répétant — Bonjour !
Émilie arriva dans cette salle immense
Où parle le génie immortel de la France,
Où le plus incrédule et le plus matériel
Reconnaît que la gloire est la fille du ciel.
On donnait Bajazet, Émilie attentive
Écoutait cette langue aimable qui captive.
Son esprit transporté dans un autre séjour
Oubliait et le monde et jusqu'à son amour.
Rien n'est plus ravissant que de voir au théâtre
Une femme au teint blanc, au large front d'albâtre,
Écouter attentive et douce, le roman
Qui déroule ses nœuds devant l'œil haletant.
On la voit ou sourire ou bien verser des larmes,
Détailler les beautés, les mots, les moindres charmes!...

Tout exerce sur elle un pouvoir enchanté !
C'est un prisme doublé de la réalité ,
Rien ne peut montrer mieux le cœur d'anges des femmes,
Ces fins esprits créés pour apaiser nos âmes !

Comme elle était ainsi, la porte doucement
S'ouvrit, et puis un homme entra comme un amant.
Ce n'était pas Fabrice. Il avait un air sombre :
Il demeura debout, caché dans la pénombre.
Émilie absorbée entière par l'acteur
Ne s'aperçut de rien, — mais tout-à-coup, son cœur
Succombant sous l'excès d'une trop vive image,
S'affaiblit, — la pâleur couvrit son beau visage !
L'inconnu la mena soudain sans s'effrayer,
Et comme par magie, au coin de son foyer.
Émilie en ouvrant les yeux, avec surprise
Vit un homme à ses pieds. La lueur indécise
Du flambeau lui montrait flottant dans le lointain
Des traits presque connus et familiers. Enfin
Comme une vision qui soudain se dégage
Du sein d'une vapeur et des flots d'un nuage,
Elle vit auprès d'elle — étrange événement !
Benoît, son domestique ! oui, mais quel changement !
Ce n'était plus Benoît, la servant à sa table ;
C'était un gentilhomme à l'air irréprochable.
Son habit eût flatté l'œil d'un fin connaisseur,
Son visage avait pris un air de protecteur.

Tout en lui révélait une étude profonde.
Ce n'était plus Benoît, c'était l'homme du monde,
Le jeune homme accompli qui laisse deviner
Sa richesse et son rang seulement au parler.

— Est-ce une illusion? dit enfin Émilie,
Je ne puis rappeler ma mémoire affaiblie.
— Vous ne vous trompez pas, vous m'avez reconn
Seulement le valet, Madame, a disparu.
L'homme se fait connaître, il montre enfin son âme.
Oh! laissez-moi parler! je vous aime, Madame.
Depuis deux ans déjà que je vous vis au bal,
Votre aspect merveilleux, votre front tout royal
M'éblouirent au point de m'égarer la tête.
Je vous suivis dès lors, et quand je vous vis prête,
J'allai, comme un larron jusqu'où vous demeuriez.
Mon Dieu, j'aurais voulu me jeter à vos pieds!
Bientôt, je reconnus qu'il m'était impossible
D'altérer la blancheur de ce lis invisible,
Mais ne pouvant lutter contre un rival vainqueur,
Je voulus par la ruse attaquer son bonheur.
Savez-vous mon projet? je cachai ma naissance.
Je suis comte, Madame, et j'ai de l'opulence.
Pour arriver à vous, pour voir dans un salon
Ce visage enivrant, j'ai renié mon nom!
Je me suis abaissé jusqu'à servir un maître.
Oui! Mais j'étais heureux en vous voyant paraître;

J'avais auprès de vous les regards d'un miroir,
Indiscret comme lui j'étais prêt à tout voir.
Avez-vous observé que, sur votre commode,
Tous vos bijoux aimés, tous ces riens à la mode,
Se trouvaient chaque soir dans un cercle parfait?
Avez-vous observé, que des fleurs, qu'un bouquet,
Placés parfois par vous sur les bords d'une tasse,
Gardaient pendant huit jours leur fraîcheur et leur grâce?
C'était moi, qui changeais chaque jour votre fleur.
Vous, vous ne pensiez pas au pauvre serviteur!

— Monsieur, dit Émilie, épargnez une femme!
—Quand vous me commandiez, quelle ivresse, madame!
« Je croyais, écoutant des mots pleins de douceur,
« Entendre ceux d'un ange, ou plutôt d'une sœur!
« Enfin, j'ai reconnu votre bonté divine!
« Comme un pauvre insensé qu'un rayon illumine,
« J'ai méprisé ma faute. — En voyant ce foyer,
« Amant de la vertu, — ce bonheur familier,
« Cet amour chaste et pur que le monde vénère,
« J'ai rougi de moi-même, et j'ai revu ma mère!...
« J'ai vu que votre aspect est comme un talisman
« Qui change en amitié les désirs d'un amant.
« J'ai frémi de porter une main homicide
« Sur cette fleur si blanche et ce front si candide.
« Votre mari lui-même a revêtu soudain
« A mes yeux mieux ouverts, un caractère saint.

« Mais avant de partir, avant que la prière
« Ait effacé l'éclat de ma faute première,
« J'ai voulu, pardonnez ce désir indiscret,
« Pour la première fois vous dire mon secret,
« Et partir aussitôt sans laisser plus de trace
« Que l'oiseau qui s'égare ou le pas qui s'efface. »
Là-dessus il sortait, quand Fabrice parut.

— Votre main, mon ami, car j'ai tout entendu,
Vous avez un grand cœur, c'est un mérite rare,
Car des nobles esprits la fortune est avare.
Vous trouverez aussi votre compagne un jour.
Votre âme est généreuse et digne d'un amour.

Ils unirent leurs cœurs dans une ardente étreinte.
Émilie écoutait, belle comme une sainte !

Le comte s'éloigna. Près de deux ans après,
Il menait à l'autel un front des plus coquets.
Émilie et Fabrice étaient à la chapelle...

Nous allons raconter cette histoire nouvelle.

LA RUE VIVIENNE

—

I

Le comte de Méran, — c'était le nom réel
De Benoit, — relisait souvent Pentagruel.
Pourquoi? c'est qu'il était amant de la pensée ;
L'étude, c'est si doux pour une âme avancée
Il regardait le monde ainsi qu'un grand marmot ;
C'était un philosophe, éclaircissons le mot,
Philosophe moderne, ayant mis dans la vie
Moins de réalité que de la fantaisie.

10

Lorsque, cédant un jour à des remords divins
Il jeta son amour aux ronces des chemins,
Il aimait Emilie, — et l'amour d'une femme
Ne fuit pas sans laisser un grand vide dans l'âme.
Quand il n'eut plus l'objet de son culte brûlant,
Il tomba tout à coup dans un calme indolent.
Seul, loin du monde exquis, au fond d'une retraite
Comme un amant chassé, comme un pauvre poète,
Comme un chien qu'on délaisse, un paria flétri,
Il demeura long temps le cœur endolori.
Il prétendait rester dans cet état bizarre,
Mais hélas! vivre ainsi, c'est imiter l'avare,
Sans profiter du bien que le ciel bienfaisant
Nous verse avec amour dans sa coupe d'argent.

Il arriva qu'un jour, au printemps de l'année,
En suivant à cheval une course effrénée,
Il aperçut de loin un ravissant profil,
Un front blanc sur lequel semblait nager un cil,
C'était Mathilde de... le reste... qu'on devine...
Son maintien assuré, sa superbe poitrine,
L'angélique regard qu'avait la belle enfant
En faisaient une idole, un ange triomphant.
Etendue à demi dans sa calèche ouverte
Elle voyait fuir l'arbre et la campagne verte.
Sans avoir pour Mathilde un amour excessif,
Le comte prit pour elle un sentiment passif,

Il se sentit charmé par cette blonde fille.
Elle avait, on le pense, une noble famille,
Son père dans le monde était un opulent.
La bourse avait par lui des caprices d'enfant.
Aussi Mathilde était une riche héritière,
Son père lui donnait une fortune entière,
Près de deux millions, quatre et demi pour cent.
Elle avait pour maison un palais ravissant.
Des tentures de soie, au milieu de torsades,
Des dentelles d'azur, de riches colonnades,
Des meubles en ébène en long cercle arrangés,
L'écaille dans l'argent, l'art dans les orangers,
Ajoutaient à l'éclat d'une maison princière ;

Mathilde avec cela ne paraissait pas fière ;
C'est un progrès du jour que l'on doit observer.
La richesse n'est plus l'art de tout conserver ;
A quelque haut degré que leur bras puisse atteindre ,
Les heureux, désormais, ne sont pas fort à craindre ;
Ils n'ont plus cette morgue et ces mots insolents
Apanage, autrefois, du riche et des puissants ;
Et leurs fils, éclairés par des paroles sages,
Se croisent sans rougir avec tous les étages.
Mathilde était ainsi ; c'était, sans compliment,
Sinon un vrai trésor, au moins un don charmant ;
Aussi, le comte ému de voir autant de grâce,
Se plaça sur les rangs pour conquérir la place.

Le comte avait un nom blasonné de ducats ;
Le père de Mathilde entr'ouvrit ses deux bras.
« Un homme tel que vous n'est pas fait pour attendre,
« Dit-il, prenez Mathilde, et devenez mon gendre. »
De son côté, Mathilde, en fille de maison
Jugeant que la beauté n'est rien sans la raison,
Ne fit pas comme on voit dans toute comédie,
Comme une folle amante ou comme une étourdie ;
Non, elle voyait tout et calculait très-bien,
Elle n'aurait pas pris un homme qui n'eût rien.

II

Quelques-uns trouveront cette façon mauvaise ;
Et le cœur, diront-ils ! vous êtes donc plus aise
De prendre une compagne au cerveau de banquier
Digne de déchiffrer le plus fort échiquier,
Que de choisir une âme aimante, une nature
Capable de répondre au cœur quand il murmure ?

Et qui vous dit aussi que ces riches beautés
Pèchent par la froideur et des sens inventés ?
Qui vous dit que ces fronts, malgré leur élégance,
Ne rougissent pas plus que le monde ne pense ?

C'est une erreur, vraiment, de croire que l'amour
Soit l'hôte familier d'un modeste séjour.
Oui, même en calculant, on peut faire un ménage
Heureux ; la preuve en est dans notre mariage.
Puis d'ailleurs, c'est la mode, on se marie ainsi ;
Je retrace un tableau que vous voyez d'ici.
Seulement mon idée est de rendre palpable
Ce thême de nos jours, à l'aide d'une fable.
Emilie et Fabrice, autres parfaits époux,
Dont nous avons tracé les usages, les goûts,
Dans la dernière histoire, — assistaient à l'église.
Le comte, en les voyant, eut un mot de surprise.
Il se remit bientôt et regagna son banc.

Mathilde était bien belle avec son voile blanc,
Son corsage attachant la fleur de fiancée,
Et ses yeux bleus mouillés de gouttes de rosée !
Quel spectacle charmant que de voir, un beau jour,
Une épouse au front pur frémissante d'amour,
Brillante devant tous comme une jeune étoile,
Dérobant sa rougeur sous les plis de son voile,
S'avancer à pas lents vers les marches du chœur ;
Elle répond à peine à la voix de son cœur.
Un murmure charmant enivre l'assemblée,
En voyant les trésors dont la vierge est comblée,
On admire ce ciel enivrant de beauté
Qui surpasse l'espoir et la réalité ;

Et puis en même temps, par un effet contraire
On éprouve un regret que doit avoir sa mère,
On soupire de voir ce lis plein de blancheur
Qui va laisser tomber sa grâce et sa fraîcheur,
Et l'on se dit tout bas : c'est un bel ange encore
Qui fut de l'horizon dès la première aurore !

III

Mathilde, en revenant pour prendre du repos,
Entendit chuchoter et tenir des propos,
« C'est lui ! s'écriait-on, mais quelle étrange chose ?
« D'où vient cette fortune ? Et quelle en est la cause ?
« Un domestique ! avoir un pareil train d'enfer !
« C'est qu'il aura gagné dans les chemins de fer !
« Mais le père est donc fou ! aller donner sa fille
« A ce vil intrigant ! sans nom et sans famille ! »
Mathilde tressaillit en entendant ces mots.
L'orgueil avait un rang choisi dans ses défauts.
Brûlant de découvrir si c'était une fable
Elle fit des questions. Une âme charitable,
(Il s'en trouve toujours pour dire un trait méchant),

Lui raconta de suite, avec un soin touchant
L'histoire de Benoît, son rôle domestique,

Son amour clandestin, puis sa fuite publique,
Pour finir dignement cette œuvre de serpent
Elle dit que Benoît avait un grand enfant.
Mathilde, à ce discours, vit ce qu'il fallait faire.
Elle n'hésita pas. C'était un caractère
Trempé comme l'acier. Elle alla retrouver
Son père et lui dit tout. — « Bien, il faut l'éprouver,
« Répondit le banquier, je suis fin comme l'ambre ;
« Ne crains rien, mon enfant, et rentre dans ta chambre
Comme elle s'en allait, le comte s'avança :
— « Mathilde, où courez-vous ? Est-ce que l'on s'en va ?

— « Retirez-vous, Monsieur, dit-elle avec colère.

Puis elle disparut ravissante et légère.

— Mathilde !... — Elle était loin, et le comte interdit,
Cherchait à s'expliquer ce changement maudit,
Quand le père arriva, tenant au bras Fabrice.

— « Eh bien ? comte, dit-il, vous aimez le service ?
« Vous nous aviez caché ce goût fort singulier,
« Enfin, votre ancien maître a su m'initier
« A vos faits d'autrefois fort dignes de l'histoire.

— « Oh ! Monsieur, pardonnez ! auriez-vous donc pu croire

— « Mon ami, je sais tout, on pardonne aisément
« Les torts de la jeunesse et l'erreur d'un amant.
« Hélas ! c'est une erreur si charmante et si belle !
« Mais je vous avertis, Mathilde n'est pas telle.
« Vous avez excité ce qu'on froisse le mieux,
« L'amour-propre, — le cas est assez épineux.

— « Qu'est-elle devenue ?

                                    — « Elle s'est enfermée.

« Dites pour l'attendrir une parole aimée. »
Le comte se rendit aux portes du boudoir,
Où Mathilde était seule et ne voulant rien voir.
Il frappe quatre fois très-fort, — pas de réponse.

— Allons ! bien, se dit-il, ce manège m'annonce
Un parti pris d'avance, il faut parlementer.

— Madame, par pitié, veuillez donc m'écouter.

— Qui frappe ainsi ?
                    — C'est moi.
                              — Qui ? vous ?
                                        — C'est moi, vous dis-je.
— Votre mari.
                    — Monsieur, vous avez le vertige,

Je ne vous connais pas.

— Qui ? moi ! votre mari !

— « Non, vous ne l'êtes plus, c'est un titre terni.
« Comment, après l'affront que l'on me jette en face,
« Vous osez me parler? C'est dépasser l'audace,
« Mais je résiste aussi. Retirez-vous, partez !

C'était un mouvement né de la vanité.
On peut bien l'excuser ; était-elle coupable ?
Allons, convenons-en, il n'est pas agréable,
Quand on a vu le jour dans un charmant salon,
De ternir sa fraîcheur, si ce n'est son blason.

Quelques-uns vont crier à l'aristocratie !
Mais songez que Mathilde était jeune et jolie,
Et qu'elle se croyait dupe d'un intrigant
A sa place, parbleu ! vous en feriez autant !

Le père, par bonheur, vint pour prêter main-forte
Il entretint Mathilde au travers de la porte,
Il lui dit que le comte était homme d'honneur,
Qu'un jour, dans un moment d'assez plaisante humeur,
Il avait parié de servir chez Fabrice.

— « Que veux-tu ? maintenant, le rendre, c'est justice.

« Je l'exige, d'ailleurs ; et quand j'ai prononcé,
« Me résister, Mathilde, est un acte insensé. »

La porte s'ouvrit donc ; de Méran dans l'ivresse,
Se jetait aux genoux de la jeune comtesse,
Quand Mathilde, superbe et d'un air imposant :

— « Attendez, lui dit-elle, un éclaircissement !
« Ce que vous avez fait n'était qu'une gageure ;
« Une gageure soit ! si longue qu'elle dure
« Peut-elle donc conduire un cavalier sensé
« A rester un seul mois en service forcé ?

Le comte fut surpris d'une telle demande.

— « Quel était votre but, Monsieur ? moi, j'appréhende
« Que vous n'eussiez choisi l'émploi de séducteur.
« Or moi, je les déteste et les prends en horreur.

— « Mathilde, écoute-nous, c'est de l'enfantillage.

— « Il faut qu'on me réponde, ou bien je me dégage !
« La vérité surtout, le comte, qu'a-t-il fait
« Dans cet espace-là ? Quel était son projet ?

— Eh bien ! Mathilde, oui, je prétends tout vous dire,
« C'était dans un moment d'erreur et de délire,

« Je poursuivais un rêve, et je l'ai regretté.

— « Donc, vous aimiez quelqu'un? c'est bien la vérité.
« Il suffit, je connais votre affreux caractère,
« Et je ne veux pas vivre avec lui, mon bon père. »

— Mathilde! que dis-tu?

                — « Monsieur, retirez-vous?
« Vous n'avez pas le droit de parler en époux.

— « Que me reprochez-vous? une erreur? un caprice?

— « Ce que je vous reproche? un sentiment factice,
« Un cœur faux, déloyal, prenant mille chemins,
« Mille détours obscurs pour cacher ses desseins !
« Ah! se conduire ainsi, tromper ainsi sa femme !
« Oui, c'est affreux, Monsieur!
                — Mais écoutez, Madame ?

—« Non, je n'écoute rien, tenez, jetez ces fleurs.»

Puis en parlant ainsi, deux longs ruisseaux de pleurs
Tombèrent de ses yeux. Après quelques secondes,
L'azur dora son front, ses longues tresses blondes;
Puis, comme ces enfants qui se calment soudain,
Elle sourit au comte en lui tendant la main.

Il jeta sur **Mathilde** un œil plein de tendresse :
O me pardonnez-vous, ma brillante duchesse !
— **Bien**, s'écria le père. — « Allons ! tout est fini.
Rentrons dans le salon, le dîner est servi. »

Aujourd'hui ce ménage est le premier modèle
Du calme intérieur, de l'amitié fidèle.
Emilie et Fabrice, avec nos chers amis,
Font deux couples charmants, comme en aime Paris.

LA CHAUSSÉE D'ANTIN.

—

— Baptiste ? mon mouchoir ?

          — Madame, le voici.

— Monsieur n'est pas rentré ?

          — Madame, il sort d'ici.

— « Quel ennui ! Je suis seule, et j'attends la baronne.
« Baptiste ? si l'on vient, je n'y suis pour personne.

11

« Que ferai-je aujourd'hui ? Aller encore au bois ?
« Voir les mêmes chevaux, voir encore une fois,
« L'éternel rendez-vous qu'adore la bourgeoise ;
« J'en suis lasse, aujourd'hui j'aimerais mieux Pontoise
« Que ces cercles brillants où l'on va s'admirer.
« Mais que faire pourtant ? je suis prête à pleurer...
« Lisons... c'est un roman... oui, fait à tant la ligne,
« Pas de cœur, pas de sel... mais vraiment c'est indigne,
« De s'ennuyer ainsi. Qui vient ? — C'est un billet ?
« Donnez. Que me veut-on ? un dîner ! en effet
« C'est le jour d'Amélia. L'affaire la plus rude !...
« Est-il rien d'odieux comme cette habitude
« D'attirer tout un soir, les gens dans un salon
« Pour les forcer de prendre un repas assez long,
« De voir des vaniteux et des femmes frivoles;
« De voir des étrangers qui disent trois paroles...
« Allons, je n'irai pas chez Amélia, — c'est dit.
« Mais à quoi m'arrêter ? — Je vais me mettre au lit. »

Et laissant retomber sa tête paresseuse
Sur les coussins épais d'une chaise moëlleuse,
La duchesse Darnis, se pencha pour dormir;
Et pendant quelque temps parut se recueillir,
Comme si la chaleur, ou des éclairs d'orage,
Eussent terni l'azur de son charmant visage.
La duchesse était belle; à l'âge où la raison
Ajoute un nouveau charme à la jeune saison,

Où les fruits de l'esprit jetant toute leur sève,
Donnent à la beauté l'attrait que n'eut pas Eve,
A vingt-huit ans enfin, la duchesse rêvait
Un tout autre bonheur que celui qu'elle avait.

Quel était son désir ? tout riait dans sa vie,
La fortune du jour la traitait en amie.
Pour satisfaire un goût de sultane, le sort
Avait mis dans ses mains deux ou trois mines d'or.

Aimait-elle un rubis ? A l'instant une fée
L'apportait dans les plis de sa robe étoffée ?
Voulait-elle un saphir ? une prodigue main
Le posait sur son front du fond d'un riche écrin.
Voulait-elle un parfum pour la rendre plus belle ?
La brise le glissait dans ses flots de dentelle.

L'amour avait prêté son prisme à son époux.
Le duc avait de l'âme ; il n'était pas jaloux.
Il avait ce regard qui séduit une femme,
Comment lui résister quand il disait : — « Madame,
« Un génie étoilé présidant au bonheur
« A voulu vous choisir pour sa plus douce sœur,
« Car vos traits ont gardé la pieuse auréole
« De la divinité dont vous êtes l'idole.
La duchesse avait donc tout ce qui peut flatter ;
Pourtant, on la voyait très-souvent s'attrister.

Au milieu d'un salon inondé de lumière
Quand la joie éclatait dans une foule entière,
On la voyait porter ses regards au plafond,
Parcourir, l'œil distrait, un ancien feuilleton,
Ou bien elle posait son front sur sa main blanche
Comme un beau lis flétri qui s'incline et se penche.
Et chacun demandait : Quelle fatalité
Enchaîne ce regard et le tient enchanté ?

Le duc cherchait en vain la cause et le remède
De ce mal inconnu. Sa femme eût été laide,
Ou d'un faux caractère , il aurait tout compris,
Mais c'était le phénix des reines de Paris.

Elle avait un esprit à transporter Racine.
Son langage affectait une forme mutine,
Une allure vivante, et chacun de ses mots
Allait frapper au but, sans s'égarer à faux.
Aussi, pendant longtemps, on l'avait admirée.
Mais elle avait changé, puis s'était déflorée :
Elle avait oublié ses plaisirs et son goût,
Et sans désirer rien, elle désirait tout.

Le duc, en philosophe, étudiait Descarte.
Comme un grand géographe il connaissait sa carte,
Il aurait fait un livre à propos des Hurons.
Mais il ne savait rien des mystères profonds,

Le cœur était pour lui chose inconnue et close.

Bien des gens prétendront qu'ils connaissent la cause,
Les effets de notre âme. Un tas de professeurs
En fait de sentiment et de petits docteurs
Vous diront qu'à compter le nombre des artères
Ils jugeront soudain les plus grands caractères.
Ils prétendent classer, comme dans des bocaux
Préparés et nombrés pour guérir tous les maux,
Tous les traits successifs qui forment notre essence.
A ceux-là demandons quel art, quelle puissance
Tourmentait la duchesse et brisait son moral.
S'étonner sans souffrir c'est fort original.
Etant riche d'ailleurs, étant jeune et si belle,
Grands docteurs, avancez; dites-nous, qu'avait-elle?
Parbleu, répondra-t-on, le mal est évident,
L'ennui la consumait, c'était son confident.
Ce n'était pas l'ennui, bien qu'on eût pu le croire
A voir le noir souci plisser son front d'ivoire.
Ce n'était pas le spleen, ce bâtard-des vapeurs
Mais bien moins amusant que mesdames ses sœurs.
Alors, répondra-t-on, c'était une coquette?
Non plus, comme le monde elle aimait la toilette,
Mais sans jamais en faire une nécessité.
Ce n'était qu'un hors-d'œuvre, une banalité.
Elle était donc fantasque? Encor moins je **vous jure.**
Mais enfin quelle était cette riche nature

Passant subitement du beau sourire aux pleurs,
De l'espoir au regret, de la joie aux douleurs ?

C'était un type entier, un nouveau caractère
Paraissant indécis, mondain et solitaire ;
Il est né d'aujourd'hui. Ce type peu commun,
Se compose de traits empruntés à chacun.
Ce n'est pas le caprice ou l'esprit par système
L'indolence passive ou l'amour de soi-même.
C'est la réunion de tous ces vains défauts
Formant une nature, un caractère à faux.

C'est la femme qui rêve et qui cherche un mystère,
Cherchant à se tracer un rôle sur la terre,
Luttant contre ses sens, avec ses sentiments,
Elle ne date pas depuis plus de dix ans,
Depuis les rails ways et la ferme modèle,
Pour lui donner un nom, —

                      C'est la femme nouvelle.
Elle est le résultat d'un bonheur trop parfait.
Entendons-nous pourtant ; pas d'un bonheur complet,
Mais du bonheur des sens, de ce que l'élégance
Offre de volupté, de goût et d'opulence.
Il est rare de voir une âme s'amoindrir
Au point de discuter sa vie et son plaisir,
Au point de consulter le tarif de la rente,
Pour permettre à son cœur une œuvre bienfaisante.

Mais grâce au cours actif du temps où nous vivons,
Elles sauront bientôt nous donner des leçons.

Tel était donc l'état de la jeune duchesse ;
Son mari las de voir les fleurs de la jeunesse
Se faner à plaisir, avait pris le parti
De ne plus lui parler, remède de mari !
Réussissant fort mal ; il n'a pour avantage
Que d'augmenter le mal et ce n'est pas très-sage.
Un matin qu'elle était au fond de son boudoir,
Sans même regarder ses traits dans son miroir,
Sans lire, sans rêver, je crois, Dieu me pardonne,
Et même sans penser,—Arriva la baronne !

La baronne tenait un tout autre maintien.
Elle était vive et leste ; elle causait fort bien,
Elle parlait de tout comme une connaisseuse.
Elle alla s'engloutir au fond d'une causeuse.

—Estelle, j'ai trouvé ton remède certain.

—Que dis-tu ?

       —J'ai trouvé le remède : demain
Je t'emmène avec moi dans le fond d'un village
Chez de bons paysans qui t'aimeront, je gage.
Refuses-tu ?

— Moi ? non ; fais ce que tu voudras.

—Descendons au jardin, et donne-moi le bras.
La baronne avait pris sur Estelle un empire !...
Seule elle la guidait, seule elle avait su lire
Au fond de ce mystère étrange à définir,
Produit des sentiments, de l'âme et du désir !
Dejà depuis longtemps elle cherchait la cause
Du mal, — pour opérer une métamorphose.
Elle l'avait trouvé. C'est ce qu'elle pensait.
Donc, dès le lendemain, lorsque midi sonnait,
La vapeur de Strasbourg, sur sa locomotive
Emportait la duchesse et sa compagne active.
Elles n'avaient rien dit, pas un seul mot d'écrit
N'apprenait leur projet au malheureux mari.
Elles avaient perdu leur ton de patricienne.
Leur vêtement tout simple et leur robe d'indienne
Leur donnait un faux air de quelques margotons !
O costume pourtant ! ce sont là de tes dons !
La duchesse déjà commençait à sourire.
Son costume surtout la faisait beaucoup rire.
Elle se trouvait bien avec son grand bonnet,
Mieux qu'avec son chapeau de velours, — si coquet !
La baronne épiait, riant de l'aventure.
Malgré ce changement, sa séduisante allure
Excita les regards d'un jeune aventurier.
Un regard de travers sut le terrifier.

Le soir, on arriva dans un petit village.
Quelques bons paysans attendaient au passage.
Ils recurent chez eux les deux belles de nuit.
Un modeste repas fut apprêté sans bruit.
Tandis que l'on servait, la baronne attentive
Parlait aux paysans :

    « La récolte est hâtive ;
« Vos champs sont cultivés par une adroite main?
« Les fruits sont savoureux quand le parterre est plein.
— « Madame, la moisson a promis de la sève ;
« Nous avons travaillé sans relâche ni trêve ;
« Mais il faudra changer nos anciens espaliers,
« Car au temps de la pousse ils gâtent les mûriers.

La duchesse écoutait.

    « Ce travail d'agricole
« Vous plaît donc? leur dit-elle, en prenant la parole.
« Mais bien souvent j'ai plaint votre rude labeur.
« La bêche qui vous sert nourrit votre douleur.
« Vous n'avez, à vrai dire, aucune récompense ;
« Et pour le citadin, vous souffrez en silence.
« Paris vous doit la vie, et comme un fils ingrat
« Il oublie en riant d'ou lui vient son éclat.

« —Madame, quelle erreur?

« Plaint-on ce qu'on adore?

« Notre bonheur se cache et la foule l'ignore.

« Pour amasser la gerbe et récolter l'épi

« Nous passons bien des nuits ! — Mais le socle est béni.

« Et que de joie encore ! Et quand le temps arrive,

« Pas un moment d'ennui, pas une heure inactive.

« D'abord, il faut guetter les temps et les saisons,

« Le moment de semer, — celui des floraisons.

« Il faut choisir le temps où la nuit sera saine,

« Sauver l'arbre fruitier en le couvrant de laine,

« Il faut fuir le mésange et le mulot rongeur ;

« Tous deux si dangereux quand la vigne est en fleur.

« Enfin, l'agriculteur deviendra comme un guide

« Qui déclare la guerre à l'insecte homicide.

La duchesse écoutait et ne s'en cachait pas.

Ces mots pleins de bon sens, ce modeste repas,

Toutes ces voluptés que notre monde oublie

Lui révélaient l'essence et le mot de la vie !

C'était comme une langue ouvrant son riche écrin

A l'investigateur lisant la lampe en main.

« Tout se dévoile à moi, dit *la femme nouvelle*,

« Ce que j'avais cherché, le ciel me le révèle !

« Tout ce que je rêvais s'explique désormais !

« Monde, je te comprends ! Ame, tu m'apparais !...

« Ces désirs insensés qui traversaient mon être,

« Cette soif de chercher s'il existe un *Peut-être*,

« Cette ardeur à poursuivre un invisible but,
« Oh ! c'était l'infini ! C'était son attribut !
« Quand tu me reprochais ma lâche indifférence
« Je couvais un amour pour l'art et la science !
« Je cherchais vainement l'al'ment de mon cœur, »

— C'est le sort naturel à tout esprit penseur !
« A toute âme de feu ! répondit la baronne.
« En effet, on voit clair sitôt que l'on raisonne,
« Je suis loin de blâmer les plaisirs de Paris,
« Mais vois le résultat, dis, quel en est le prix ?
« La langueur et l'ennui ; c'est comme une androgyne.
« Ne pouvant t'accorder avec ton origine
« Alors, tu t'élançais sur l'aile du désir,
« Et qu'en résultait-il ? Un immense soupir. »

On le voit, la baronne, avait quelques idées
Sinon du premier ordre, au moins bien décidées,
Et pour ce caractère imprégné de verdeur
La duchesse l'aimait et la traitait en sœur,

Le lendemain, au jour, la lueur diaphane
De ses blanches clartés inondait la cabane,
Quand la duchesse fut prise d'un grand désir
De voir cette nature et son ciel de saphir.
Appelant la baronne, elle fit sa toilette.
En laissant de côté, mode, allure coquette,

Elle entra dans les bois voir la perle d'argent
Suspendue à la feuille, ainsi qu'un fruit vivant.
Elle vit les rayons d'un horizon bleuâtre
Se glisser doucement sous un voile d'albâtre,
Puis le globe de feu sortant d'un rideau blanc
Répandre autour de lui son astre rayonnant,
Et verser à la fin, comme un géant sublime,
Un fleuve d'existence au milieu d'un abîme.

Alors, comme Archimède, ayant longtemps rêvé,
La duchesse cria : — « Mon Dieu ! je l'ai trouvé ! »
Elle l'avait trouvé ce grand mot, ce mystère
Que si longtemps chercha son âme solitaire !
Elle l'avait trouvé dans les rayons du ciel,
Dans le cristal des eaux, dans les coupes de miel,
Dans ces échos sacrés que chaque être murmure,
Dans la voix de son cœur, enfin dans la nature !

Oh ! c'est là seulement que le bonheur attend !
Le reste, — vain plaisir ! — tout le reste, — néant !
Oisifs, hommes blasés ! cœurs sans force et courage,
Approchez, regardez cette vivante image,
Cet éternel tableau toujours renouvelé ?
Tout semble nous parler dans ce ciel dévoilé.

La forêt a des voix qui semblent nous sourire,
La fleur a son discours, l'air possède sa lyre,

Le murmure de l'eau forme le plus beau chant.
Paris, peux-tu valoir ce spectacle touchant?.....

Depuis ce moment-là, seule avec sa compagne
La duchesse, l'été, vient vivre à la campagne.
Sa maladie a fui, la joie a pris l'élan,
Et la *femme nouvelle* a trouve son aimant.

UN CONTE EN DOUZE RUES.

—

I.

LES BOULEVARDS.

Allons! beau cavalier, dis-moi quelle est ta dame?
Ton cheval court et fuit comme on voit une lame,
Écumante, bondir sur la falaise en mer?
Cavalier, pourquoi prendre un chemin si désert?

Pourquoi, lorsque la foule aux allures aisées,
Étale sa fraîcheur dans les Champs-Élysées,
Ne pas montrer ta grâce à ces charmants oisifs ?
Le ciel est éclatant, l'air verse dans les ifs
Des torrents de parfums, des bouquets d'anémone !
L'arbre tout orgueilleux agite sa couronne,
On sent au fond du cœur comme un rêve confus ;
Des frissons de plaisir parlent aux sens émus...
Oh ! que Paris est beau par ces jours d'opulence !
Comme il étale aux yeux, sa native élégance !
Tel qu'un fleuve chargé de paillettes d'argent
Qui déroule ses flots sur le limon changeant,
Il ruisselle l'azur, les rubis, l'améthyste ;
Pas un front désolé, pas un visage triste.
Pourquoi donc, cavalier, quand les reines du jour
Dans leurs pagodes d'or se montrent tour à tour,
Et pour quelques instants dévoilant leurs arcanes,
Daignent fouler le sol où marchent les profanes,
Pourquoi ne pas montrer l'art de ton alezan
Sur les enclos fleuris que foule l'élégant ?
Ne peux-tu pas, jeune homme, attirer l'œil d'envie ?
Connaîtrais-tu l'ennui, ce fléau de la vie ?
Mais non, ton geste est vif, et l'espoir du plaisir
Semble dans tes yeux noirs devancer l'avenir ?
Serait-ce qu'aujourd'hui tes élégants dyptiques
Ont augmenté d'un nom tes amours poétiques ?

II.

LES CHAMPS-ÉLYSÉES.

En effet, le jeune homme après avoir quitté
La célèbre avenue où l'on reste l'été,
Vient de prendre soudain un chemin solitaire,
Près du bois de Boulogne. — Ainsi qu'un presbytère
Qui s'éloigne du monde et vit au sein d'un champ,
Une seule maison là se montre au passant :
Abri timide, frais comme une violette;
Pas de fenêtre aux murs, pas la moindre toilette.
Cet hermitage était, comme on l'a deviné,
Un lieu de rendez-vous, un toit prédestiné
A cacher sous ses murs de douces aventures.
L'amour aime l'abri des charmantes tentures,
Et le propriétaire avait dès lors raison
Aux regards indiscrets de fermer sa maison.
Ah çà! nous dira t-on, votre jeune anglomane
Était donc un Crésus? un voile diaphane
Semble l'envelopper dans ses riches replis.
A ne vous cacher rien c'était un fort beau fils,

Maître de sa fortune, aimant l'indépendance.
Il menait une vie exempte d'indigence.
Donc le jeune élégant, lequel avait pour nom
Renaud, — s'arrêta juste auprès du pavillon.
A son coup de sonnette un riche domestique
Ouvrait avec respect la porte à la gothique.

— Personne n'est venu? dit Renaud en entrant.

— Non, monsieur.
     Il s'assit sur un vaste divan
Placé dans un salon d'une noble apparence.
Tout était ravissant dans ce lieu de plaisance.
Des meubles en brocart festonnés de satin;
Dans des bois d'aloès des bouquets de jasmin;
La panoplie ayant lance, épée et le casque;
Des tableaux burinés par une main fantasque;
Puis au fond, à travers une glace sans tain
Au milieu d'un fond vert un ravissant jardin;
Tout annonçait le faste et la vie à la mode,
Un séjour peu propice à relire l'Exode.
Renaud prit un cigare, et suivit les contours
Que traçait la fumée en s'envolant toujours.
Il paraissait plongé dans une douce extase:
« Emma! » s'écria-t-il, sans achever la phrase.
Avez-vous quelquefois, dans un jour enivrant,
Quand tout était en fleurs, quand le ciel triomphant

Versait ses blonds rayons sur les bois d'aubépine,
Avez-vous vu passer une taille bien fine,
Un visage charmant couvert d'un voile noir,
Qui fait tout deviner mais sans rien faire voir.
L'inconnue agitée et hâtant sa démarche
S'enfuit, et sur ses pas, jeune homme, patriarche,
Femmes mêmes, ont l'air d'admirer ce portrait;
Mais elle fuit toujours légère comme un trait.
Pareille à ce portrait, suave et merveilleuse,
Tout à coup une jeune et belle visiteuse
Apparut comme un songe au milieu du jardin;
Sa robe en se levant montrait son brodequin.

« Oh! je t'ai fait attendre, ami, s'écria-t-elle.
« —Non pas, Emma; j'arrive. Asseyez-vous, ma belle,
« Là, tout auprès de moi. Retirez ce chapeau.
« Allons! méchante, j'ai pour te plaire un cadeau.
« Chère Emma! quel bonheur de voir ce beau visage!
« Sais-tu que ta présence est un bien bel ouvrage!
« Voilà bientôt cinq ans que nous nous connaissons,
« Et mon amour peut-être a des nœuds plus profonds.
« Te souviens-tu du jour où nous nous rencontrâmes,
« Pour la première fois ? ô merveille des femmes!
« C'était au lac d'Enghien, l'air était embaumé;
« Un vent tiède aussi doux qu'un baiser parfumé
« Se jouait sur le front, chantait avec cadence;
« Les insectes joyeux profitaient du silence;

« C'était un de ces soirs où l'on est enivré !

« Et l'on n'entendait plus, au vallon retiré,

« Que le son argentin des clochettes rustiques,

« Répétés dans les airs par les échos antiques.

« Assis au gouvernail, je voyais fuir les eaux,

« Et les arbres tremblants, et les minces roseaux.

« Mon esprit s'élevait jusqu'aux rêves des sages.

« Une étoile soudain glissa dans les nuages.

« Mon extase finit, et je ne vis plus rien

« Qu'un visage divin, — Emma, c'était le tien...

— « Et dès ce jour, unis, et le cœur plus tranquille,

« Nous avons fait du temps la plus charmante idylle.

« A ce propos, ami, n'avez-vous pas promis

« De consacrer nos jours par des liens bénits ?

— « Chère enfant, lui dit-il, va, tu n'as rien à craindre.

« Mais le monde exigeant m'oblige encore à feindre.

« Mon père, tu le sais, s'oppose à ce projet.

« Il te juge, vois-tu, d'après un faux portrait ;

« Mais quand il va te voir, il changera de suite.

« En attendant, à table ! un perdreau nous invite.

Ils s'assirent tous deux. Le repas terminé·

— « Il faut que je te quitte, un démon obstiné

« Va changer mon bonheur contre un autre éphémère,

« Le devoir avant tout ; moi, je vais chez ma mère.

— « Où se reverra-t-on?

— Demain, sur le midi,
« *Dans les Panoramas.*

— « C'est entendu, c'est dit. »

III

LE PASSAGE DES PANORAMAS.

L'horloge, vers midi, récitait un andante,
Quand on vit arriver une jeune élégante
Dans les *Panoramas*, ce passage mouvant.
C'était la belle Emma; son pas était charmant,
Tout pareil à celui d'une ombre qui s'avance
Sans que l'on puisse voir ses pas, même à distance.
La femme du grand ton a seule ce pouvoir,
De marcher comme un sylphe au milieu du trottoir.
Son pied, même en foulant un sol plein de secousse,
Semble être en un jardin sur des tapis de mousse.
Est-ce une étude? un art? quelque don naturel?
Elle glisse et s'enfuit; le fait est bien réel.
En arrivant, Emma ne vit dans le passage
Que quelques inconnus au pâle et froid visage.
Renaud, pour cette fois, se trouvait en retard.
Elle s'arrêta donc devant les œuvres d'art,
Regardant les bijoux et les modes attiques,
Qu'offrent aux promeneurs les glaces des boutiques.

Pendant qu'elle admirait ce musée éclatant,
Un homme l'épiait, sans la perdre un instant.
Son embonpoint prenait l'air de la quarantaine ;
Son œil était hautain, et sa poitrine pleine.
On voyait qu'il cherchait à s'approcher d'Emma,
Mais qu'il ne l'osait pas. L'amour passait par là.
Pourtant dans un moment qu'Emma changeait de place,
Se trouvant auprès d'elle, il la vit face à face.
La jeune femme alors rougit comme un enfant :

— « Vous ici ? lui dit-elle.

        — « Hélas ! Je souffre tant !...

— Silence, éloignez-vous !

        — Qu'il me faut de courage !»

Elle avait vu Renaud dans le fond du passage.
Il arriva près d'elle, et lui serra la main.

— « Et qu'est-ce donc Emma ? Tu souffres ce matin ?
« Est-ce que ce passant t'a parlé, mon bel ange ?
« Il rôdait près de toi, comme un causeur étrange...

— « Ne crains rien, mon ami. Mon idole est l'amour !

— « Et suis-je cet idole?

— Oui, méchant, sans retour ! »

Renaud la fit monter dans son américaine,
Et l'équipage prit par le cours de la Reine.
Ils s'allèrent cacher dans un jardin discret :
Dans de certains moments la retraite nous plaît.

IV.

LA RUE LAFFITTE.

Renaud aimait Emma comme on aime un prologue.
Ils s'étaient rencontrés chez un artiste en vogue.
Renaud de suite avait cultivé ce beau lis.
Et même, après cinq ans près de l'Amaryllis,
Cet amour était frais comme une primevère.
Il faut le dire : Emma vivait avec sa mère,
Elle avait du talent ; Delaroche et Vernet
Avaient guidé ses doigts dans l'art du chevalet.
Elle aurait pu gagner une modeste aisance.
Mais Renaud apparut. Elle aimait l'opulence ;
La calèche et l'hôtel ne lui répugnaient pas ;
Elle abandonna donc les arts pour les ducats.
A bien parler, Renaud n'était pas méchant homme.
En séduisant Emma, sa pensée était comme
Celle d'un jardinier qui rencontre une fleur
Et veut la cultiver pour faire un plan meilleur.
C'était un de ces lords vivant pour la conquête.
Possesseur dès vingt ans d'un patrimoine honnête,

Il avait fait la roue au soleil parisien,
Se posant devant tous en grand seigneur terrien,
Jusqu'au jour où les traits d'une jeune sirène
Avaient changé Faublas en amant de Climène.
Renaud n'était plus rien depuis ce jour fatal.
C'est un très-grand malheur qu'un amour si banal.
Son père, ancien banquier, fait dans le moule antique,
Ne lui pardonnait pas ce penchant érotique.
Quand il le sermonnait, au milieu des repas,
Renaud baissait la tête, et ne répondait pas.
Un jour, en arrivant déjeuner chez son père,
Le jeune homme aperçut un visage sévère.

— « Mon père, qu'avez-vous? dit Renaud inquiet.
— « Vous me le demandez? N'en ai-je pas sujet?
« Oh! je ne vous fais pas un reproche d'ermite.
« La morale est pour vous un bourgeon parasite.
« Puis la vieillesse doit toujours se souvenir
« Que la sévérité ne peut la rajeunir,
« Et que ses cheveux blancs pour être caressés
« Doivent fuir le reflet des mauvais jours passés.
« Aussi, mon fils, je suis moins un juge qu'un prêtre;
« Et je pardonne tout quand je te vois paraitre.
« Mais il faut respecter l'honneur de notre nom.
« Oh! Renaud, songes-y! c'est là le seul blason!
— « Mon bon père, parlez, tout mon cœur vous écoute
— « On te trompe, mon fils, je n'en ai plus de doute.

— « Quoi ! Parleriez-vous d'elle ! Oh ! gardez de flétrir

« Cette fleur qui s'entr'ouvre et pleine d'avenir !

« Celle qui doit porter ma vie à la lisière

« Est unie à mes jours comme un feston de lierre.

— « Oh ! oui, l'on aime en toi le ton de banneret.

« Sans fortune, Renaud, comme l'on changerait !

— « Mon père, respectez le cœur que je possède.

— « Oh ! tiens, tu n'es qu'un fou. Ta plaintive Andromède

« Pour ne rien te cacher te trompe lâchement !

« Quoi ! tu ne le vois pas ! C'est de l'aveuglement !

« Ah ! tu ne me crois pas ! C'est peut-être une fable !

« Viens, je vais t'en donner la preuve irrécusable.

— « Emma ! la déité, digne du Parthénon !

« Ce que vous dites là confondrait ma raison !

« O folle passion ! Tu pourrais cette année

« Pour célébrer son nom lui faire une linnée !

« Pour te convaincre mieux de tes fausses amours,

« Écris un mot, dis-lui : je pars pour quelques jours ;

« Et tu verras soudain les cartes bien pipées.

« Ah ! parbleu ! ce seront de belles équipées !

— « J'y consens, dit Renaud, je verrai tout ainsi.

Envoyons cette lettre et partons au *Raincy*. »

V.

LE CHEMIN DE FER DE STRASBOURG.

Qui n'a pas admiré cette voûte brillante
Digne de figurer au palais d'une infante ?
Arceaux vastes, profonds, sans paraître massifs !
Des cintres arrondis, — d'élégants pendentifs !
Lui donnent de la grâce et l'air d'un beau diptère.
Quel splendide fronton pour un débarcadère !
A chaque passager il offre un reposoir.
C'est un germe qui couve, un magnifique espoir !
C'est là que passera l'avenir de la France !
Ce sont les fondements d'un monde qui s'avance.
Oh ! qui pourrait prévoir jusqu'où pourra grandir
Cet enfant nouveau-né qui ne fait que vagir !
Qui peut le présumer ? Pareil au polygone,
Ses angles, ses côtés formeraient une zône.
Peut-être, il étreindra le monde dans ses mains !
Seul, il peut défier tous les travaux romains.
J'aime surtout la flèche, et cette campanille
Qui domine le dôme au-dessus de la grille.

L'architecte savant, qui posa ce fronton,
Fait voir du premier coup son but et sa raison.
C'est ce que comprenaient nos aïeux : — le symbole !
S'il prétend conserver une fière auréole,
Un siècle doit poser, sur un socle nouveau
Un bloc sculpté de marbre, — et non un écriteau.

Renaud venait d'entrer dans la salle d'attente.
Oh ! qu'il souffrait alors ! que sa douleur est lente !
Le père s'avança pour prendre deux billets.

« Courage, lui dit-il, tu te sauves à jamais ! »

Ils partirent bientôt, et la locomotive
Souffla comme un dragon la vapeur qui l'active.
Le convoi s'en allait aussi prompt qu'un oiseau,
C'était un train express volant sur le réseau.
Revenons à Renaud. Il se laissait conduire ;
Et son père au Raincy le mena sans mot dire,
Il voulait employer un moyen virtuel
Pour guérir cet amour devenu trop réel.
Ils passèrent le jour auprès d'une fenêtre ;
Puis, soudain, vers le soir, Renaud vit apparaître
Une femme tenant le bras d'un étranger,

Il reconnut Emma !

S'élancer, se venger,

Fut sa première idée. Il contint sa colère.

— « Oh ! vous avez raison ! mais qui l'eût dit, mon père !
« Comment avez-vous su ce mystère fatal ?

— « En payant à prix d'or un agent très-moral.
« Maintenant, tu sais tout ; quel parti veux-tu prendre ?

— « Oh ! je pars avec vous, je ne veux plus attendre. »

VI.

LE FAUBOURG SAINT-HONORÉ.

De retour à Paris, Renaud, pour s'étourdir,
Sillonna les salons parsemés de saphir.
Son père, le voyant agir en somnanbule
Voulut à son amour opposer un émule,
Il le présenta donc comme un époux charmant,
Dans quelques grands salons du faubourg élégant.
C'est là que l'on rencontre au haut de l'édifice
Les reines de la mode et les sœurs du caprice.
L'hôtel de Rambouillet et ses hôtes fameux
N'ont jamais présenté de types plus heureux,
Pour un auteur comique et pour le pessimiste,
Attirant le présent, repoussant l'aoriste.
Le père de Renaud lui fit apercevoir
Les merveilles du jour, comme dans un miroir.
Renaud vit donc d'abord une *femme sensible*,
Dont le cœur avait l'air d'un vrai tir à la cible ;
On eût dit qu'à toute heure un coup adroit porté
La traversait entière et perçait son côté.

Il vit la *précieuse*, au maintien de duchesse,
Qui se croit au-dessus de toute politesse ;
Singeant la grande dame avec ses oripeaux,
Elle pince la lèvre et pèse tous ses mots.
Son père était fumiste, et madame pourtant
Ne daigne pas parler au fils d'un commerçant ;
On n'a grâce à ses yeux qu'en toilette vernie ;
Tout le reste : — Néant ! — Mauvaise compagnie !

Puis, la *femme critique*, aimant à discuter
Sur un mot, un fétu, sans pouvoir s'arrêter ;
Tout ce qu'elle aperçoit, sa loupe l'examine,
Tout ce qu'elle a touché passe par l'étamine.

Puis, la *femme importante*, entrant dans un salon,
Comme une lourde masse, en élevant le front ;
Elle n'a pas d'esprit et ne sait pas sourire,
Elle ne parle pas, et prétend qu'on l'admire.

Puis, la *femme posée*, employant son talent
A renverser celui qui n'est pas de son rang.
Le faible et le petit sentent seuls sa férule,
Le puissant à ses yeux n'est jamais ridicule.
Renaud put voir encor un portrait fort bouffon,
La *femme à simagrée*, allongeant son menton,
Roulant toujours ses yeux, et faisant cent grimaces,
Qui font naître toujours la gaîté sur ses traces.

Mais le meilleur portrait que rencontra Renaud,
C'est la *femme du jour*, encore un nouveau mot,
La femme qui se plait, la femme qui s'adore ;
Elle était jeune et belle, et se nommait Aglaure.
Aglaure était le type éclatant et parfait
De ces frivolités à l'air si satisfait,
A la tournure fière et pleine d'insolence,
Parce que leur *talma* leur donne une apparence ;
Elles toisent des pieds jusqu'au sommet du front
Un étranger mal mis pour lui faire un affront.
Puis elles parleront, sur la table accoudées,
Des plus graves sujets sans avoir les idées.
A tout prix, il leur faut briller, éclabousser.
C'est là leur seul plaisir ; on peut les surpasser.
Renaud, comme on le voit, n'en put aimer aucune,
Mais un jour, il put voir la *femme peu commune.*

C'était un bel enfant, à l'œil plein de douceur,
Blonde comme un épi, fraiche comme une fleur;
Elle avait dix-huit ans ; on la nommait Delphine.
Elle portait souvent des fleurs de balsamine,
Ses beaux traits respiraient le profil vénitien.
On eût dit que ses yeux étaient peints par Titien,
Ses cheveux par Rubens, son bras par Véronèse,
Et son front, par l'auteur de la *vierge à la chaise*.
Elle ne brûlait pas de montrer son pouvoir,
Elle lisait autant qu'il le faut pour savoir.

Son esprit, quoique fin, n'éclatait pas sans cesse,
En revanche, ses doigts montraient beaucoup d'adresse.
— Voilà ce qu'il te faut, dit le père, aussitôt.
Et, dès le lendemain, on présenta Renaud.
Delphiné le trouva d'agréable manière.
Bref, quinze jours après, on publia l'affaire.

VII

LA RUE NOTRE-DAME DE LORETTE.

Or, pendant tout ce temps, que devenai Emma ?
Durant les premiers jours, son esprit s'étonna
De ne plus voir Renaud. Pas d'écrit, pas d'annonce !
Ses envois en suspens, ses lettres sans réponse !
Elle se rendit seule au pavillon du bois ;
Elle ne vit personne. Une dernière fois,
Elle rencontra Jean, domestique fidèle.
C'est alors qu'elle apprit la fatale nouvelle :
L'union de Renaud avec un grand parti.
Elle arrêta de suite un projet aguerri,
D'aller trouver Delphine.

          — « Annoncez une dame,
Dit à la camériste, un jour la jeune femme ;
Delphine la reçut :

          — Parlez, que voulez-vous ?

— « Dans quelques jours. Renaud deviendra votre époux ;

14

« Eh bien ? Madame, il faut pour votre bonheur même
« Que vous appreniez tout, et c'est que Renaud m'aime.

— « Madame ?

           — « Écoutez-moi; c'est dans votre intérêt.
« N'épousez pas Renaud, car il vous tromperait.
« Je connais bien son cœur, et soyez-en certaine,
« Un jour luira bientôt pour sa première chaine.

— « Je ne crains pas, Madame, une rivalité,
« Et je saurai lutter avec votre beauté.

— « C'est votre dernier mot ?

              — « Ma dernière parole.

— « Malheur à vous ! Bientôt nous changerons de rôle.

Puis elle s'en alla, le cœur désespéré ;
Elle voyait s'enfuir son rêve désiré.
Il faut le dire : Emma n'était pas une femme
Folle de sa raison, et folle de son âme,
Au point d'abandonner toute ombre de vertu ;
Son cœur était léger, mais non pas corrompu.
Elle avait calculé le prix de sa défaite,
Mais, dans ce moment même, elle se faisait fête

D'arracher quelque jour à Renaud un contrat
Pour réparer l'honneur perdu dans le combat,
Elle avait bien longtemps nourri cette espérance,
C'était son grand espoir, le but de sa science.
Quand elle vit tomber tout à coup, en un jour,
Ses projets de bonheur, et même aussi d'amour,
Oh ! son orgueil blessé dévora cette injure !
Voir son nom dédaigné ! Mise au rang d'une impure !
Voir son honneur terni ! sa mère au désespoir !
Et pour comble de maux, Renaud, ne plus le voir !
Alors, elle voulut se venger, l'amazone !
Et quel fut son projet ? oh ! l'amour déraisonne !
Que fit-elle ? Elle prit, elle prit pour époux
L'inconnu dont la vue avait fait un jaloux !...
C'est ici le moment de faire connaissance
Avec cet étranger ; il se nomme Maxence.

VIII

L'ILE SAINT-LOUIS.

Maxence était un homme émané d'aujourd'hui,
Un caractère neuf, pas taillé sur autrui ;
Il aimait une femme, en maître, à sa manière.
Retiré dans un coin, n'ayant pas de carrière,
Il s'était mis à suivre un goût original
Pour ce qu'il regardait comme son idéal.
C'était un homme étrange et truffé de caprices,
Il aimait une femme à cause de ses vices,
Et, pour la ramener dans le sentier étroit,
Comme une ombre qui passe et que l'esprit reçoit,
Il avait rencontré par un jour, d'aventure,
Emma seule à Madrid. Cette riche nature,
Ces yeux remplis d'esprit donnèrent un dessein,
Il voulut convertir ce bel ange mondain.
Et comment s'y prit-il ?

         — « Oh ! soyez mon épouse !
« Je vous estimerai. Nul, à *Covent-House*,

« Nul à *Covent-Garden* n'aura plus de bonheur. »

Emma lui répondit par un souris moqueur,
Car elle aimait Renaud en amante modeste.

Maxence, à cet accueil, ne joua pas l'Oreste ;
Mais il se retira de la scène, observant
Tout ce qui se passait. A force de talent,
D'industrie et de cœur, il sut se faire entendre,
Il avait tant de cœur, il se montrait si tendre,
Qu'Emma lui consacra toute son amitié.
Dans toutes ses douleurs il était de moitié.
Il donnait des avis, lui parlait du scandale,
Lui disait de quitter une vie immorale.

Voilà comment Maxence était aux pieds d'Emma.
Jamais un mot d'amour, jamais il ne parla
Plus haut qu'il ne fallait. Leur amitié fut telle
Qu'Emma le consultait comme un devin fidèle.

Maxence au Raincy possédant un manoir,
Elle allait le trouver comme on a pu le voir.

Dans l'île Saint-Louis, il faisait résidence.
Ces murs calmes, vivant dans l'ombre et le silence,
Convenaient à ses goûts. Pour un original
Cette île Saint-Louis doit être un idéal.

Or, quand Renaud trompé prit la main de Delphine
Emma ne pleura pas, comme on se l'imagine;
Elle alla voir Maxence, et lui dit son dessein.
Maxence de nouveau lui proposa sa main.
Et moitié par dépit, et moitié par vengeance,
Pour dépiter Renaud, elle épousa Maxence.

L'HOTEL DE VILLE.

IX.

Un mois s'était passé rapide comme un jour ;
Renaud aimait sa femme avec un tiède amour,
La menant dans le monde où les riches natures
Se plaisent dans les chants et les fioritures.
Il arriva qu'un soir, il alla voir le bal
Que notre *Hôtel-de-Ville* offre au pays natal.
Des cascades d'argent, des berceaux de verdure,
Les trésors arrachés à toute la nature,
Étalaient leur richesse au milieu des salons,
C'était éblouissant de luxe et de rayons ;
Et quel coup-d'œil magique au haut des galeries !
On eût cru voir surgir un monde de féeries ;
En voyant s'agiter ces groupes enchanteurs,
Ces Péris s'envolant dans la gaze et les fleurs,
Ces corps voluptueux s'enfuyant avec grâce,
On demeurait surpris, — immobile, à sa place ;
Puis, l'esprit replié, pensant à l'avenir,
Ne pouvait s'empêcher de pousser un soupir !...

Et l'on disait: « peut-être avant l'an qui s'écoule
« Plus d'un aura quitté cette brillante foule! »

Renaud s'était placé dans un des grands salons.
Tout à coup, au moment que la valse en ses ronds
Emportait les danseurs en flots capricieux,
La figure d'Emma passa devant ses yeux.
A la vue, au contact de la fleur embaumée,
A l'aspect de la femme éperdûment aimée!
Tout son être frémit! — Devant ces yeux divins
Il sentit revenir l'amour des jours sereins!
Pour Emma: — pâle, émue et belle d'espérance,
Elle le regarda toute une contredanse.
Renaud n'y put tenir; profitant d'un moment
Où la confusion séparait forcément,
Il prit le bras d'Emma, — l'emmena sans prières
Dans un salon discret entouré de portières;

Que lui dit-il alors? Ce que dit un amant
Qui retrouve un trésor qu'il perdit un moment.
Emma lui répondait avec son doux sourire,
Ils oublièrent tout! bref, il faut bien le dire,
Quand Delphine arriva pour chercher son mari,
Elle ne vit plus rien... Renaud était parti!

X

SOUS LES MARRONNIERS.

Maintenant, rendons-nous un jour aux Tuileries,
Sous les grands marronniers aux voûtes si fleur es,
Sous ces abris si frais que Paris aime tant.
Le ciel est radieux. Le jardin est charmant.
Les femmes d'un côté s'occupent de dentelles,
L'enfant chante et sourit, et l'oiseau bat des ailes.
Le jeune homme isolé jette des yeux furtifs
Sur quelques fronts cachés dans le sein des massifs,
Écoutons deux causeurs parlant sous la charmille :

— « Ainsi, vous avez pu m'oublier? La famille
« Avait eu le pouvoir d'effacer votre Emma?
« Ah! doit-on soupçonner celle que l'on aima?

— « Pardonne, mon Emma! Mon erreur fut cruelle.
« Oh! j'étais insensé, de te croire infidèle!

— « Insensé c'est bien vrai! cet homme, par pitié
« Je l'avais accueilli. Grâce à son amitié,

« Quelquefois j'écartais une affaire fâcheuse,
« Mais entends-moi, Renaud, ma voix n'est pas douteuse,
« Je ne l'aimai jamais, car mon âme est à toi!
« Es-tu toujours jaloux? — J'ai le bonheur d'un roi! »

Comme il disait ces mots, un étranger s'avance!
Se place devant eux; malheur! c'était Maxence.
S'approchant de Renaud, lui parlant dans les yeux!

— « Lâche! s'écria-t-il. Ah! tu te crois heureux!
« Pour courir l'adultère il délaisse sa femme!
« Eh bien! voilà le prix de ta conduite infâme! »

A ces mots un soufflet vint effleurer Renaud,
Avant qu'il eût le temps de répondre un seul mot
Maxence s'en allait avec Emma tremblan.
L'époux reparaissait, et faisait fuir l'amante.

XI

LE DERNIER JOUR DU CAFÉ DE LA RÉGENCE.

Tout le monde connaît ce ravissant tableau
Que Meissonnier fit naître en touchant son pinceau.
Deux joueurs acharnés sont assis face à face
Devant un échiquier. Ils restent à leur place
Immobiles, l'œil fixe, et le cerveau tendu,
Sans prononcer un mot. Qui des deux a perdu ?..
On croit les voir jouer, la scène est palpitante !
On partage leur jeu, leur ardeur, leur attente !
On n'ose pas parler de peur de les troubler ;
Jamais l'art n'a plus fait pour nous émerveiller !
Telle était l'attitude et même l'aphonie
De deux joueurs d'échecs, deux joueurs de génie !
Ils étaient installés dans ce fameux café
Où tout l'ancien Paris se tenait étouffé.
Ce jour-là, le café récitait son épode.
C'était son dernier jour ! comme un homme à la mode,
Qui voit l'heure fatale où les propos légers
S'enfuiront devant lui comme des étrangers,

15

Il jetait à la foule une belle antistrophe.
Oh! ce fut un grand jour! presque une catastrophe!
Oh! que d'habitués pleurèrent de douleur!
Tant de doux souvenirs! un siècle de splendeur!
Tout cela comme un songe allait donc disparaitre!
Il ne resterait rien! pas même une fenêtre!
On lui jeta des fleurs comme au tombeau qui prend
Les restes adorés de son meilleur parent.
Cependant nos joueurs attiraient galerie.
Jamais on n'avait vu plus ardente partie.
Le cercle regardait sans prononcer un mot.
L'un d'eux était Maxence, et l'autre était Renaud.
Enfin, vers le minuit, on rompit le silence,
Un des joueurs gagnait; cet homme était **Maxence**;
Chacun les vit partir avec étonnement.
Le soir, un coup de feu parti d'un logement,
Hélas! c'était Renaud, tombé raide de suite!
Au premier, effraya tout le quartier Laffitte.
Un coup avait réglé le destin des rivaux;
Renaud avait perdu sans dire quatre mots,
Et le hasard vengeait la société sévère,
En punissant deux torts : séducteur! adultère!

XII.

LE COUVENT DE PICPUS.

Un mois avait glissé sur ce sombre horizon,
Quand deux femmes, en pleurs et la pâleur au front,
Vinrent dans un couvent que Vincenne avoisine.
L'une, c'était Emma ; — l'autre, c'était Delphine,
Toutes les deux en noir, pâles toutes les deux,
Un mouchoir à la main qui recouvrait leurs yeux.
Elles choisirent là de petites cellules,
Et prises d'amitié, ces anciennes émules
Prièrent chaque jour, le corps humilié.
O Renaud ! ton amour n'était pas oublié !...
La femme et la maîtresse, enrayant leur querelle,
Ne se souvenaient plus qui des deux fut plus belle !
Pour Maxence, son sort ne nous est pas connu,
Et dans l'île Saint-Louis, on ne l'a plus revu.

TABLE DES MATIÈRES.

—

174

8 fr. par an

LE JOURNAL LITTÉRAIRE

TROISIÈME ANNÉE.

Ce journal paraît tous les mois. Chaque numéro contient 48 pages grand jésus pittoresque, beau papier. Il est illustré de 12 charmantes gravures sur bois, des meilleurs artistes.

Il contient, en outre, le Courrier des Modes et celui de Paris, rédigés par madame la vicomtesse de Renneville, et une gravure de mode très-soigneusement coloriée. Cette gravure ne paraît que tous les deux mois; elle est placée dans les numéros pairs.

Pour s'abonner, envoyer *franco*, à M. Hippolyte Boisgard, un mandat de 8 fr. sur la poste.

Toutes lettres non affranchies sont très-rigoureusement refusées.

PARIS. — Typ. d'Ad. DELCAMBRE et Cie., 15, rue Breda.

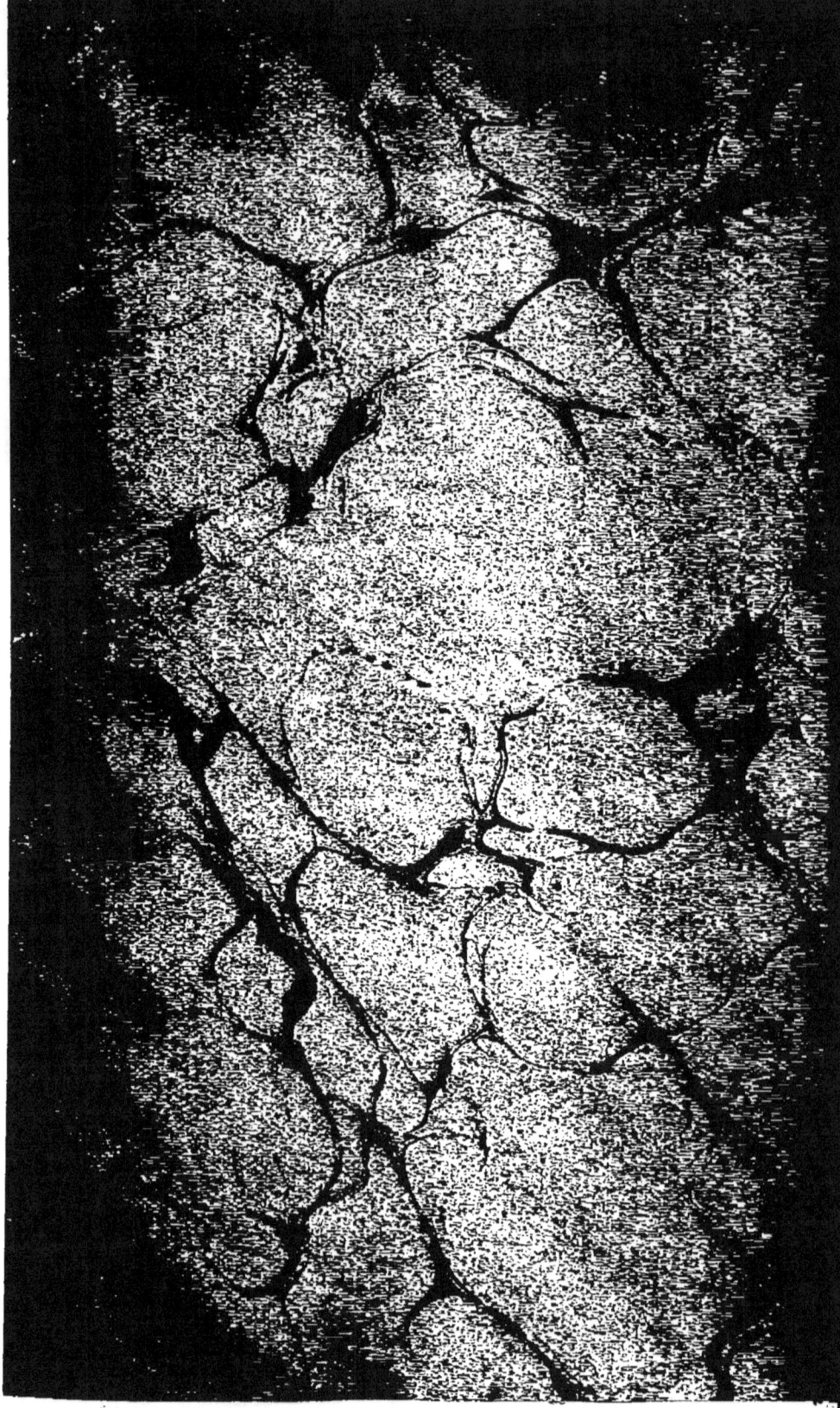

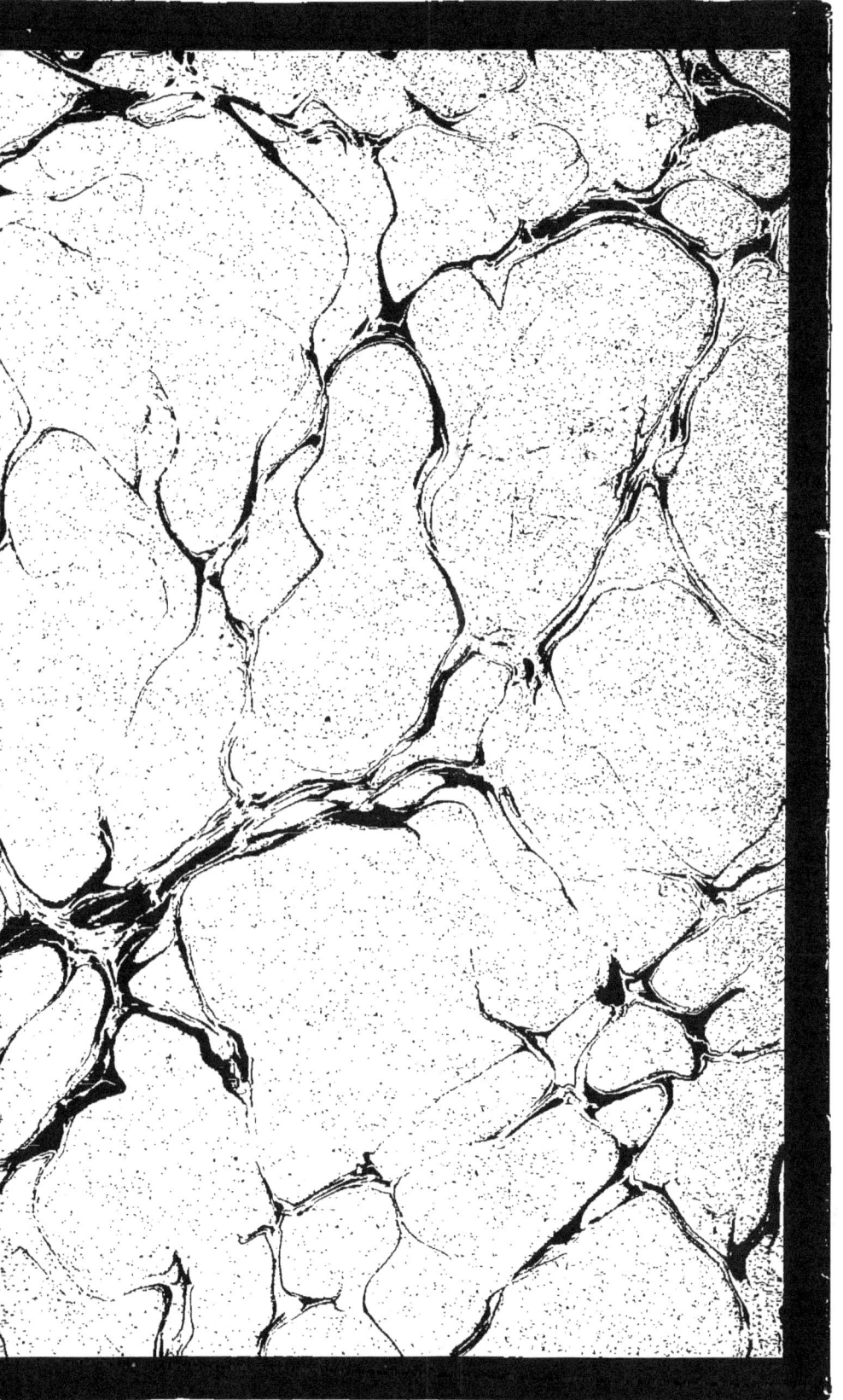